목화, 어두운 마음의 깊이

목화, 어두운 마음의 깊이

이응준 시집

민음의 시 251

민음사

요즘 같은 세상에서 내가 아직도 시인이라는 사실이
후회되지 않는 것은 아니다.

다만 내가 날 도저히 이해할 수 없고 용서할 수 없어서
그래서 남몰래 공포에 시달릴 적마다
만약 내가 시를 쓸 수 없었다면 어쩔 뻔했나 싶을 뿐이다.

세상에서는 이토록 천대받고 무용한 것이 내게는
차마 내 목숨보다 귀하다고까지는 말하지 못할지라도,
적어도 내 목숨을 지켜 줄 정도로는 귀하다.

그러니

어차피 그런 것이 세상이라고,
어쩔 수 없는 이 세상의 어려운 이치라고 믿으면서,
내게 남은 나머지 인생을 마저 살아 내고자 한다.

시는 나의 무기다.

2018년 9월
이응준

차 례

해후

간밤 꿈에 만났다.
다시는 만나서는 안 되는 그 사람.
얼굴이 안돼 보였고
원망 없는 무표정이었다.
그저 나만 쳐다볼 뿐 아무 말도 없었다.

나는 슬퍼서
하루 종일 너무 슬퍼서
자주 눈을 감았다.

다시는 만나지 않을 것이다.

목화, 어두운 마음의 깊이

낙타가 바라보는 사막의 신기루 같은 화요일.
슬픈 내 마음 저기 있네, 햇살과
햇살 그사이에 막연히.

목화, 내 여인. 나의 이별, 목화.

아름다웠던 사랑도 아름다운 추억 앞에서는 구태의연하
구나.
절망과 내가 이견이 없어서 외로웠던 시절은 다 어디로
가서
나는 왜 아직 여기 홀로 서 있나, 막연히.

청춘은 폭풍의 눈 안으로 걸어 들어가는 등불이었지만
재가 되어 사그라지는 내 영혼에
상처로 새겨진 문양이여.

목화, 눈을 감고 있어도 도저히 보고 있지 않을 수 없는
목화.

어쩌면 혐오와 환멸은 인생이 자유로 가는 문이어서
계절이 흐르는 이곳에서는 절망의 규정마저도 바뀌는구나.

낙타가 쓰러져 죽어 있는 사막의 신기루 같은 화요일에
마지막으로 기도하듯
맨 처음 그리운 나의 주님.

목화.

이 세상

노래하는 여인이 울고 있다.
이 세상.

고독하다고 고백할 수 없는 구름이 신의 영혼을 서성이
는 밤에
너무 사랑해서 죽음을 끌어안듯 미워하게 된 애인이 웃
고 있는

이 세상.

잠든 소년의 머리맡에는 번개에 갈라지는 창문과 고양
이 울음소리,
그리고 다음 날 아침 병든 무지개의 그림자 아래는
눈물 젖은 꽃밭이 아름다운 이 세상.

나는 나에게서 와서
오로지 그대에게로만 가려는, 하지만 문득 사라지게 되
는 이 세상.

모든 진리는 마음 약한 사람의 방황이듯
모든 사랑이란 결국
내 어리석음 앞에서 미소 짓는 그대 같은 이 세상.

짐승이 아니라 인간이어서 슬픈 이 세상.

새롭게 비 오는 날과
새롭게 눈 오는 날이
어떤 좀 더 깊이 어두운 여인 같고
새빨간 거짓말처럼 현악기 같은 이 세상.

물속의 빈집,
이 세상.

쓸쓸한 서문을 쓰고 있는 밤

이 밤보다 더 어둡던 그 새벽에는

누군가 내 꿈속에서 내가 쓴 책을 읽다가 우는 것을 보았다.

나는 너를 위해서 내가 모르는 일이라도 해야 했던 사람.

사랑의 고통이라는 게 너무 맹목이어서 고요한 것이라면

언어란 고백 때문에 망하는 것.

사막에서 나비고래를 찾는 너를 뒤로하고

무너지는 나의 출구인 너를 뒤로하고

나는 거짓말을 몸처럼 팔면서 아픔이라는 아픔은 다 설득하고 싶었다.

소년아. 악마를 믿지 않는다는 말도 안 되는 말.

소녀여. 인간이라는 악마가 있는데 어찌 악마의 존재를 의심할 수 있단 말인가.

인생이란 잃어버린 훔친 책 같아서

쓸쓸한 서문을 쓰고 있는 이 밤에도 지금은 바람이 돼버린 모래의 집과

안개로 가득했던 그 골목들이 우리의 사라진 청춘과 함

께 세상 어느 곳에도 없고

어른이라는 것은 지혜로워졌음이 아니라 그저 뭐든 아무렇게나 견뎌 냈다는 기록이듯

사랑이여. 아비규환이여.

나무만 보면 없는 죄도 만들어서 진술하고 싶던 그 시절의 너와 나는 대체 무엇이었는가.

소금 같은 눈이 내리는 시간 속에서 불꽃으로 연명하던 시절이여,

전쟁터로 갔던 그 소년은 왜 언덕의 흰 십자가가 되었을까.

두 손을 모으고 기도하던 일요일의 그 소녀는 왜 과자를 굽는 노파가 되었을까.

사막에서도 눈을 감으면 네가 웃어 주던 청춘은 파도 소리인데,

네가 없는 이 별에서도 나는 전갈 모양의 노래만을 듣는데,

아직도 나는 너와 나 때문에 가슴이 아프다. 그러나

돌이켜 보면 나라는 것은

너를 위해 내가 괴로운 일이라도 알아야 했던 사람.

아니라면 아무렇게는 죽기 싫어 누군가를 사랑하려던

와중에

　기어코 내가 외면했던 그 나머지의 모든 것들이었나.

　쓸쓸한 서문을 쓰고 있는 이 밤에도 언어란 고백 때문에 망하는 것.

　그래서 나는

　파도 소리에 나비고래 너울거리는 사막과 언덕의 흰 십자가가

　천둥과 벼락을 온몸으로 받아 내는 피뢰침처럼 서 있는 내 꿈속의 네가

　그러니까 오로지 내가 나보다 더 사랑하고만 싶었던 네가

　누군가가 쓴 책으로 얼굴을 가린 채 어깨를 들썩이며

　고요히 우는 것을 보았다.

이별이란 무엇인가

누구입니까.

햇빛 속에서 들리는 이 말이
그는 가슴 아프다.

그녀는
그의 노래였는데

눈을 감을 적마다 어둠 속에서 자라는
빛나는 사과나무였는데

이제 그녀는 애초에 없던 것처럼
없고

오직 그의 노래만이
유리 가게로 걸어 들어가 유리 눈물을 산다.

창문 닫힌 바람 부는 창밖에는
꽃잎과 계단

아무리 아파도
아무리 외로워도
불타 버리지 않고

꽃잎으로 사랑을 가리고 웃던 그녀는
계단에 걸터앉아 청춘을 숙이고 울던 그는
서로의 숨소리에 숨죽인 채
서로를 모른다.

그리움이 후회의 손끝으로 상처의 책을 읽는 것은 아직
기다리고 있다는 것과 같아서
그는 유리 눈물을 한 움큼 두 손 모아 꼭 쥐고는 고통을
보듯 눈을 감는다.

누구입니까.

그는 그녀의 노래였는데
이제 세상은 그가 그녀에게 있었는지조차 모르고
오래전 기억이 마치 잠드는 것처럼 맺힌다 한들

결국 그에게는
꽃잎과 계단도
창문 닫힌 바람 부는 창밖과
빛나는 사과나무의 어둠도
그녀 때문에 쓸쓸했던 것조차도 남지 않으리라.

그러나 입술로만 노래를 부르는 정적이 세상을 뒤흔드는
시간
아무 의미 없이 가슴 아픈 그의 그 말
누구입니까.

얼굴이 보이지 않는 햇빛 속에서 들리는
그녀의 그 말

누구입니까.

멀리서 얼굴을 감싸다

그 사랑의 마지막 한 단어가 기억나질 않아 이렇게
도시에는 첫눈이 내리고
아마도 어제처럼 오늘은
무지개 그림자 같은 내 어둠과의 싸움이 또 올 것이다.
인간의 길은 연인의 길.
저 아이도 곧 소년이 되겠지. 그리고 어른이 되겠지.
그러나 그 어른 안에는 어른보다 신을 힘들어하는
한 소년이 웅크리고 있게 될는지 모른다.
내가 잊을 수 없는 너는 내게 보이지 않고 들리지 않지만
오늘도 나의 죄보다 더 아름다운 나의 애인은 그저 수
줍은 슬픔일 뿐이고
인간의 길은 연인의 길.
위험한 생각들로 가득 차 있는 낡은 가죽 가방을 들고
술에 취한 언덕과 건널목을 지나
깊은 밤 홀로 광장에 문득 서서 눈을 감으면
어둠은 어둠이 아니라 단 하나 남은 내일의 길이다.
나의 과거를 너의 과거가 아니라고 말하게 될 수 있는
방법이 있다면
그토록 오랫동안 바라고 바라보는 연인의 길은 이별의 길.

결국 이렇게 우연히 적어 놓은 이 아픈 한 줄의 마음이
강철 같은 문장에 목숨을 바치며 외로워하는 시절이 되
리라.
아직도 가슴이 무너져 멀리서 얼굴을 감싸는 것은
아직도 사랑하는 사람의 기쁨.
무지개 그림자 같은 내 어둠이여. 멀리서 괴로워
얼굴을 감싸는 사랑, 인간의 길은
연인의 길.

내가 괴로워해서는 안 되는 일

꽃나무 앞에 서면
온몸에 불을 질러 사라지고 싶은 것은
너만이 아니다.

저기 저 천국 같은 여인이 깃발처럼 무너지는 바람 위에
홀로 서 있을 때
기도는
증오가 괴로운 나의 기도는
어디로 가려는 것이 아닌 길을 걷는 것과 같은 이 기도는
나를 구원하려는 저 여인의 욕망처럼 목소리가 없다.

내가 다시는 아무도 사랑할 수 없는 까닭은
입을 가지고 있는 것들
이빨을 가지고 있는 것들
눈 내리는 사막에서 태어나고 자라난 끝에 문득 내게 다
가와 또 사랑한다고 속삭일까 봐
그리고 짐승도 악마도 아닌 다름 아닌 내가
화염과 폭풍우 속에서 시를 썼던 그 시절을
내 피가

내 살과 뼈를 후회하고 있는 것처럼
후회하고 있는 까닭에.

재로 변한 깃발이 그리워하고 있는 청춘의 지옥이여,
비로소 신에 대한 내 사랑의 훈육은 끝났다.
눈물과 이별로도 소독되지 않는 인간이여,
우리는 비록 사랑 때문에 결국 사랑의 긍지를 잃었지만

밤이 오는 동안
꼭 밤이 오는 동안 만큼만은 이 슬픔을 알릴 길이 없어
외로운 나는
이제는 내가 무엇이 되든지 아무렇지도 않게 돼 버린 어
느 여인의 과거가 되어
내가 더는 괴로워해서는 안 되는 일이 되어

꽃나무 앞에서
꽃나무처럼 불타오른다.

우리 사랑의 지적 기원

이 얼음의 책을 하루에 단 세 쪽씩만이라도 읽어 낼 수 있다면

문득 햇살이 스치고 지나갔을 뿐인데 눈물이 모래바람처럼 고이고

그사이 가을이 오고

먹고 마시는 시간들이 인생에서 사라지면 우리는 평화를 얻을 텐데

나는 너무 많은 노래들을 가지고 있으니 이것도 죄다.

저 불꽃의 책을 하루에 단 한 줄씩만이라도 쓸 수 있다면

영원하리라 여겼던 한 나라가 내 가슴속에서 무너졌는데 정작 이 세상에서는

아무 소리도 들리지 않고

그럼에도 불구하고 불현듯 사랑이 찾아오고

사랑에도 주석학(註釋學)이 있다면, 그래서 부서지는 별빛과 밤의 꽃들과

아무리 잊었다고 다짐해도 결국 잊지 못한 너를 아무도 알 수 없게 어디

짐승의 묘비명(墓碑銘) 속에 다만 몇 글자로 기록할 수

있다면 그러나

　너는 나의 너무 많은 추억이니 그것도 죄다.

　이별이여. 이 별에서의 사랑이여.

　인간이 인간으로서 진정 행복해지는 법 같은 어둠들은
전부 어둠뿐이니

　그사이 가을이 사라져 밤하늘에는 별들의 바다 대신 첫
눈이 파도친다 한들

　어쩌면 이 희극에는 뭔가 다른 뜻이 있겠지, 꽃이 불타
오르는 것들의 다른 이름인 것처럼.

　언젠가 이 비극에도 분명 다른 사랑이 숨어들겠지, 저
불꽃이 나의 꽃은 아니듯.

　그러나 만약 이 세상이 너처럼 불타 버려도 재가 될 수
없는 꽃이라면

　우리가 사랑이라고 착각하는 모든 것들이 폭풍이라면

　대체 나는 어디에 있는가. 왜 다시 어둠처럼 울고 있는가.

　사랑이란 서로가 서로를 모르기 때문에 하였다가

아무리 알아도 아무것도 이해할 수 없기에 용서하고 마는 것.

이 얼음의 책 속에 홀로 서서, 저 불꽃의 책을 와락 끌어안고서,

이제 겨우 이제

겨우 단 하루가 지나갔을 뿐인데

이것은 너의 죽음인가, 나의 모래바람인가. 이별이여.

이 별에서의 사랑이여.

춘화(春畫)

무성한 벚꽃나무들 그 아래
휠체어에 앉아
오열하고 있는 한 여인.

봄바람에 벚꽃 잎들 천국이 눈송이처럼 부서지듯 흩날려
온 세상, 잘 보이질 않는다.

하나님은 그녀를 사랑으로 모질게 때리고 나서
기껏해야 꽃바람으로 달래고 있다.

신이라는 것은 인간의 슬픔에 새겨져 있는 것.

전지전능한 하나님은 오늘도
이 이승의 눈부신 날에 그러시고 있다.

폭풍우 속에서 깨달은 것들

소년은 어떻게 숲을 빠져나왔는가.
그대는 내가 가지고 싶은 천사의 눈.
나는 그대의 눈을 통해 인간이라는 지옥을 보고자 한다.
웃음의 책이라는 것은
잃어버린 천사의 책.
나는 별들이 얼어붙어 깨어지는 곳으로부터 그대의 편
지가 도착할 때
붉은 꽃이 고요한 바람에 조금씩 흔들리는 것과
세상에 고운 미소와 아름다운 목소리가 어디 있겠냐는
그 고운 목소리와 아름다운 미소를
이제껏 내가 그대를 떠난 뒤 폭풍우 속에서 깨달은 것
들을
사랑의 절차처럼
혁명의 좌절처럼
기록하고자 하니,
죽음보다 어리석은 것들은 주님의 은총 없이도 스스로
다 위대한 것.
새로운 행복과 새로운 불행이 나무 아래서 잠시 쉬고 있
을 때

그대, 피 묻은 황금앵무새의 문체여.
나는 안드로메다 민들레 아가씨에 대한 기쁜 소식과
소행성에서 온 노동자 시인의 외로운 이야기를
나의 어제를 닮은, 그 도무지 이해할 도리가 없는 소년
으로부터 전해 듣고서는
그대의 눈물을 상상하며
신의 지문을 감식하려 한다.

말해 주오, 잃어버린 웃음의 책 같은 나의 여인이여. 소
년은
우리의 소년은,
어떻게 숲을 빠져나와
왜 미로가 되어 버렸는지.
이제껏 내가 그대를 떠난 뒤
사랑의 좌절처럼 혁명의 절차처럼 폭풍우 속에서 깨달
은 것들은 어떻게,
도대체 왜
죽음보다 더 어리석은 슬픔의 은총이 되었는지.

나의 해골

수만 년 뒤 밀림이 돼 버린 이 도시의
깊은 지층 속에서 한 투철한 고고학자는
나의 해골을 발견할 것이다.

그리고 그는 그 해골의 주인이
누군가를 사랑했고
많은 실수들을 저질렀고
후회했으나 어쩔 수 없었고
죄 사함 같은 거 믿지도 않으면서
기도를 무슨 몹쓸 습관처럼 중얼거리며 살았다고

누군가를 사랑했던 것만큼
인간이라는 종(種) 자체를 경멸해
그 무엇보다 스스로를 가장 경멸해
늘 쓸쓸하고
이따금 불안했을 것으로 짐작된다고
자신의 책에 적을 것이다. 그러나 그는

그 해골 속에 가득 들어차 있었을 지독한 어둠에 대해

서는

　알면서도 일부러 침묵할 것이다. 죄 사함 같은 거
　믿지도 않으면서 무슨
　몹쓸 습관 같은 기도를
　몰래 일삼았던
　나처럼.

백합과 구름의 연인

이것은 아름다운 말이 아니다. 백골 같은 말, 그저
서글픈 말이지만, 또한 쓸쓸한 말이기도 하지만,
누구나 부서지기 쉬운 이 세상에서
아직도 슬픔이 우리의 청춘 그 자리에 머물러 있다면
당신과 나 역시 아직도 괴로워 서성이고 있는 사랑이라
고 말하는.

백합의 연인이란 헤어져서 잊혀져 가고
반면 죽게 되는 그 순간까지 가슴속 저 멀리 있으나 사
라지진 않는 까닭에
내가 당신을
당신이 나를
칼이 지나간 듯 고심한 상처 같은 것.
지상의 모든 백합들이 우주의 가장 어두운 밤 한가운데서
파괴되는 백색왜성들처럼 떨어져 내리는
이 계절의 끝과 그 사흘이 다 지나도록

도무지 아무런 희망이라든가 심지어는 절망의 소식조차
없어서

나는 비로소 냉정한 시를 짓고

오래전 애인이 죽기 전에 쓴 마지막 책을 짐승에게 선뜻
내던져 버리고

낙타의 먼지 무덤이 신기루가 되는 모래사막 위에서

하나님과 방주를 함께 불태워 버렸다.

척박하고 알량한 삶이여.

백합의 연인이란 하루에 한 가지씩 흩어지면서 흘러가
결국에는

아무것도 사랑하지 않을 수 있게 되는 구름의 연인.

이것은 자랑스러운 말이 아니라

당신이 나를 위해 강해지느라 휘둘린 모진 어둠 같은 것
일 뿐.

나의 수모와 참회는 백합과 구름 사이에서,

청춘의 그 괴로운 자리에서 사랑 대신 슬픔을 결심하였
으니 당신은

당신만큼은, 가슴속 저 멀리 사라지진 않는 까닭에

백합의 연인은,

모든 것들이 다 끝나 버리고 난 뒤였으나

백합과 구름의 연인.

삶

　악마와 짐승 사이의 사생아인 인간조차 재가 되면 깨끗
하다.

　위대한 불구덩이여.

너에게서 비롯된 말

별과 구름과 바람의 일은
사람과 사람의 사랑을 지켜보는 일.
그물에 갇혀 버린 한 마리 물고기에게
황혼이야. 그렇게 속삭이는 것은
바다와 바다의 일.
잊고 싶지만, 어제 길에서 마주 걸어오던 그 노인의 얼굴
에는
소년의 명성이 그림자처럼 서려 있었지. 아직도 내게
어머니는 흰 바탕에 빨간 줄무늬 구급차.
그때 그랬어야 했다고 멍하니 생각하는 동안
별과 구름과 바람은
모두 너에게서 비롯된 말.
우리가 서로에게서 가장 멀리 떨어져 있게 된 것도
혼자 있기 위해 기도하는 법을 다시 배우기 시작한 것도
그 아무 의미 없는 물고기 한 마리와 함께
황혼이 그물에 갇혀 버린 나의 어둠도 알고 보면 모두
들리지 않는 너의 목소리.
어떤 죽음도 사랑 없인 슬프지 않아서,
아직도 나는 거리에서 소리 지르는 구급차를 보면

이 흰 바탕 빨간 줄무늬 세상에는 있지도 않은 어머니가 떠오른다.

주여, 얼마나 삶이 괴로우면 다른 사람을 구원하려고 했을까?

저녁에 마음이 아픈 것이야 이미 아이들이 천년 동안 부르고 있는 노래.

신의 명성은 인간의 비극 속에 서려 있으니

밤과 낮이 모두 너에게서 비롯된 말인 것처럼,

별과 구름과 바람의 일은

사람과 사람의 이별을 슬퍼하는 일.

세상의 감정

눈을 감고 무릎을 꿇는다.
세상의 감정이 찾아온다.
나는 아직도 먼 길.
눈을 감은 그 어둠에 비가 내린다.
세상의 감정이 떠난다.
나는 아직도 밤과 낮.
여기는 집도 아니고 들판도 아니라서
나무의 죽음 같은 겨울.
네가 알아볼 수 없게 돼 버린 내게.
누구의 것인지 알아볼 수 없는 그림자 같은 나에게.
천둥이 친다. 내 가슴에.
나는 인간도 아니고 짐승도 아니라서, 그저 말을 잃고
눈 내리는 창문.
눈을 감는다. 비가 멈춘 그 어둠에 눈물처럼 엎드린다.
세상의 감정이 세상을 외면한다.
나는 아직도 새벽. 모든 것들을 다 잘라 버리고
다 불태워 버려도 단 하나 남는 것은
더는 슬프지 않고 더는 괴롭지 않은 나의 죄.
나무의 죽음 같은 겨울을 걸어가고 있는 너는 나의 뒷모습.

눈을 뜬다. 아직도 나는 밤과 낮.

세상의 감정이 잠시 다녀간 거야.

네가 알아볼 수 없게 돼 버린 내게.

누구의 것인지 알아볼 수 없는 그림자 같은 나에게.

붉은 잠수함

누구 한 사람을 미워하기 싫어서

내 꿈속 붉은 잠수함에 나 혼자 탔네.

위성인간(衛星人間)으로 살기 싫어서

성찰하는 괴물 노릇도 이젠 신물이 나서

이 밤 내 꿈속 붉은 잠수함

바닷속으로

마음속으로

어둠의 중심, 이 지구의 밑바닥 세계의 심장까지.

바닷속으로

내 바닷속으로

나는 깊이

더 깊이 사라진다. 그리고,

이 잠에서 깨어나지 말아야지.

미워하지 말아야지.

미워하면 곁에 있게 되니까.

어둠은 무엇인가

희대의 고문기술자였던 그는
차가운 골방에서 십 년 가까이 숨어 지내며
보리수 아래 가부좌를 틀고 앉은 석가모니처럼
생각하고
생각하고
생각하고
또 생각해,
믿을 수 있는 나라
배신이 없는 나라를 찾다 보니
하나님 나라를 찾게 됐고
그래서 예수쟁이가 됐고
결국에는 목사까지 되었노라고 고백했다.

그렇다.
이 세계의 맞은편.
그러니까 내가 온종일 언제나 괴로워하고 있는 이 모든
것들의 맞은편에는,
신이라는 인간의 어둠이 있다.

명왕성에 잠들다

순교가 되지 않아 혁명을 하는 소년
쉬운 말로 사랑하고 싶었지만 괴로운 이별을 하고 만 소년
별이 있다면 별들의 바다가 있겠지
천사가 있다면 천사의 꽃도 있겠지
아무것도 두려워하지 않고 홀로 싸웠던 나의 소년
피 묻은 주먹 슬픈 눈동자로
어둠과 얼음의 숲을 지나 돌아왔어 내가 그리워하던 너는
4월의 곁에 있다고
흩어져도 무너져도 사라지지 않는 곳에
우리 가슴속에 있다고 나만이 아는 소년
그런 얘길 해 주려고 다시 돌아왔어
잊지 못하는 마음은 가장 나쁜 마음이지만
혁명하지 못하는 인간들이 순교하듯이
사랑하지 못하는 인간들이 사랑 노래를 부르듯이
별들의 바다와 천사의 꽃처럼
이봐, 안드로메다 민들레 아가씨
소년이 결국 이겼는지 졌는지는 모르지만
사람들은 하나둘씩 생각하기 시작했다 어쩌면
그 소년은 명왕성에 잠들었는지도 몰라

혼자 있고 혼자 떠나는 소년

없어지지 않았다 여기 있다 내 잊지 못하는 마음 북극
성 같은 마음에

계단에 걸터앉아 불어오는 바람 위에 시를 쓰던 소년

어디 있는지 말하라 작은 사랑이여, 엄청난 우주 폭풍이여

눈을 감으면 보이는 싸우는 소년

살아가면서 가장 이해할 수 없었던 너의 사랑

가장 큰 상처는 청춘의 기원

누구는 사막이었다고 외면하고

누구는 묘지였을 거라고 비웃지만

눈을 감으면 보이는 아직도 싸우는 소년

영원한 소년아, 너는 비록 작은 아이지만 소년의 일생은
인류의 일생

슬픔처럼 아름다웠고 고통처럼 당당했던 내 소년아

너는 사랑에 아프고 청춘에 시달렸지만

절망을 한 방에 지옥의 바깥으로 날려 버리는 소년

그 소년이 과연 무엇과 그렇게 싸웠는지는 모르지만

눈을 감으면 눈이 멀어 버릴 것만 같은 어둠 속에서도

흰 꽃잎 흩날리는 얼음의 숲속에서도 너 하나 때문에

온 우주에서 단 한 그루뿐인 그 자작나무가 비바람에
흔들렸다는 것을 잊지 마라
　네가 그녀를 사랑했을 적에 범람하던 청춘이 아련하듯
　노래라도 불러 주면 불타 버릴 것만 같은 인간이 괴로워
신은 사라졌다
　지금도 눈을 감으면 보이는 은하수 망루 위에 홀로 서
있는 소년
　너무 많은 세월이 흐르고 너무 많은 일들이 일어났지만
　아직도 내가 언제 어디서건 눈을 감으면 중요한 것은 단
하나
　사랑이여, 일생 용감하게 싸운 우리는 아무리 괴로워도
괜찮았다
　그리고 모든 사람들이 결국은 믿게 되었다
　그 소년이 명왕성에 잠들었다고.

의지와 표상으로서의 슬픔

이글거리는 태양 아래
검은 도둑고양이 한 마리.
한산한 광장 한복판에서
나와 우연히
적과 적처럼
마주 서 있다.

아름답다.

신의 자존심을 닮은 저 짐승은
저 푸른 눈동자를 지니기 위해
온 우주를 헤매 다녔다.

수모는 아름다운 것.
즐겁고 생각 없는 사람들은
외롭고 고달픈 명예를 함부로
도둑이라고 모함하는구나.

그러나 가시밭이 불타는 것과

.

이유를 남기지 않고 사라지는 것과
사랑의 고통을 견디는 것과 애타게
신을 기다리다가 아예
신이 돼 버리는 것은 내가

너 하나를 만나려고
어젯밤 그렇게 뒤척였던 것은

아름답다.
문득 태어났고
무정하게 버려졌을 것이고
죽음이 마구 뒤흔들었으나
여기 이렇게

살아남았으니까.

눈 내리는 내 그림 안에서

어디선가 나를 보았다는 그 소리는 사실이 아니다.

나는 줄곧 이 검은 숲 속 가장 조용한 나무 한 그루가 되어 서서

네가 떠난 그날들을 생각하고 있었다.

내 눈 내리는 그림 안에서 나는

언젠가 바람 이는 곳에서는 무작정 외롭다고 고백했듯

눈 내리는 곳에서는 문득 슬퍼 숨이 막힌다는 편지를 적었을 뿐이다.

어디선가 내가 울고 있었다는 그 소리는 사실이 아니다.

너의 눈가와 그 눈물 이제는 멀고 먼 우주에서도 영영 지워지지 않기에

나의 귀먹은 여인이여, 지나간 날들에 대한 자책은 더욱 어두워지는 일일 뿐

우리만 알고 있는 수모처럼 아직도 저기 창밖에는 누군가 걸어오듯 누군가를 기다리듯 눈 내린다.

간밤에 사라진 별들과 다시 불타오르는

별들의 국경과 광활한 슬픔의 태양 그 영구 평화를 위하여

이제 사랑하는 사람들의 어둠은 그림자의 빛이다.

내가 나를 잃어버린 것만 같은 내 여인의 영혼이여, 이제

사랑하는 사람들은 오직 그림자를 위해서만 노래하라.

다만 내 눈 내리는 그림 안에는 가슴 아픈 모든 것들이 다 들어 있어서

이 불가능한 질문은 고통을 비웃으며 나를 압도한다.

인간의 가장 비참한 곳에서 사랑으로 미래의 책을 쓰고 있는

너는 내 피 한 방울 같은 바다.

어디선가 내가 사랑하는 것을 보았다는 그 소리는 사실이 아니다.

내 눈 내리는 그림 안에서 온 우주를 헤매며 내가 한 일이라곤

오직 너의 그림자를 슬퍼하는 것. 나는 내 눈 내리는 그림 안에서만

네가 없는 그날들을 영영 눈 내리며 지냈으니, 어디선가 내가

죽음처럼 고개 숙이고 있는 것을 보았다는 그 소리는 사실이 아니다.

불꽃과 비바람 속에서

소년은 소녀가 이교도라는 걸 알게 되었다.

그사이 꽃과 비바람 속에는 어떤 일들이 있었는가.

슬픔이 유리잔처럼 우연히 깨져 버린 나의 나라에 밤이
오는 동안

그는 내 안에서 왜 불의 강을 건너가는 소년이었는가.

아직도 사랑을 그리워하는 너에게는 결국 인생의 사본
만이 남아

봄에는, 이 아름다워 지옥 같은 봄에는

모든 사람들이 모래사막이거나 별이거나 어쩌면 그 별
의 모래사막일 뿐

낯선 길 위에 버려진 저 천사 같은 개들은

돌아갈 고향이 천국이므로 나를 측은하게 올려다본다.

사랑이여, 나는 오늘 나의 과거인 그 소년이 이교도라는
걸 알았다.

유리잔과 너의 눈물과 나의 나라와 밤.

그러니까 쫓기는 짐승의 편지와 인간이라는 죄수의 밤.

내 심란한 책들에 자주 나오는 불꽃처럼 이 어둠이 아
직 익숙하지 않은 걸 보니

앞으로도 너는 영원히 내가 못될 것 같아 나는

외롭다는 말도 괴롭다는 말도 하지 못하고,

이별이여. 버리고 버려지는 일들이여. 불과 꽃이여.

우리의 사랑이 우리를 떠났으므로

이제는 우리의 어리석음도 우리를 떠났다. 너의 슬픔에

밤이 오는 동안 불꽃과 비바람 속에서 걸음을

멈추고 고개를 숙이자 꽃이 다 떨어져 버린 길이 꽃길이다.

국경에서 길을 잃었다면 그것은 길을 잃은 게 아니다. 저기

걷지 못하는 아이들은 모두 바다 위에 누워 천국을 마
주 보고 있지 않은가.

꿈결처럼 구겨져 버린 삶이라는 죽음의 사본 속에서, 또
한 누군가를 잊으려는 게 온 세상을

이해하는 것보다 더 어려운 어느 날에도 인생이란

살아남으면 살아남는 대로 타락하는 것. 결국 나는

흔들리고 무너지는 내 과거의 모든 것이었던 그 소녀에
게 내가

이교도였다는 걸 알게 되었다.

이승

거리에서 우연히 꽃집을 보게 되면
아, 지옥에서도 꽃을 다 팔고 있네, 라고
혼잣말을 되뇌던 시절이 있었다.

그리고 그로부터 세월이 오래오래 흘러
사랑의 수난자들같이 내리는 싸락눈 사이를 걷는 초봄,
이제야 알겠다.
늘 조난 중이던 그 청춘이

나의 데스마스크였음을.

하나님

눈을 감고 태양 아래를 걸어가라.
그 어둠 속에서 네가 공포에 젖어들 때
나는 너의 곁에서
너의 손을 잡고 걷고 있다.

이제
눈을 뜨고 태양 아래를 걸어가라.
그 태양 아래서 네가 너에게 공포는 없다고 착각할 때도
나는 너의 뒤에서
너의 영혼 같은 그림자를 내려다보며 따라 걷고 있다.

이러니 나는 네가 있는 곳이면 어디에나
너와 함께 있는 것.
결국 이 우주의 복음은 오직 하나.

살아 있으라.
네가 아무것도 아니면,
나는 아무것도 아니다.

폭풍에 기대어

내가 다시 여기 있다.

괴질 같은 태양에게는 물려받은 것 하나도 없고

변덕쟁이 신에게 천국을 구걸한 적도

사랑에게 미움이 되지 말자고 약속한 기억도 없다.

나는 아버지를 길에서 버렸고 어머니는 죽음처럼 잊었다.

어느덧 꽃 옆에 서 있는 한 사람에게는

다만 꽃 한 송이와 그의 생각이 있겠으나

나는 잃을 것들을 모조리 기어코 잃고

이 세상은 외로움처럼 슬픈 것들로만 가득해 너무 아름
다웠노라고

짐승의 왼편에 서서, 한 사내와 한 여인 사이에 우두커
니 서서,

그러니까 오로지 폭풍에 홀로 기대어 서서,

내 피의 강이 휘몰아치고

내 뼈의 숲이 뽑혀 나갈지라도

그저 내가 간절히 바라고 있는 것을 단 한순간 보고 싶
을 뿐이다.

이제 내가 다시 여기 있다.

신이 살고 있다는 지옥의 불구덩이에 겁먹은 적도

미워하게 될까 봐 천사든 악마든 차마 사랑하지 못했던 기억도 없는 내가

다만 꽃 옆에 서 있는 너에게,

기어코 나마저 모조리 잃어버린 너에게, 이 세상이 슬픔처럼 외로운 것들로만 가득해 너무

아름다운 너에게, 다시 말해 나는 오로지

나의 폭풍에만 기대어 너에게,

내가 지금 간절히 바라고 있는 것을 영원히

단 한순간 보여 주고 싶을 뿐이다.

토토

너구나.

하나님은 버려도 나는 버릴 수 없는 것.

너구나.

세상이 나를 버렸을 때

내가 꼭 끌어안고 죽음처럼 누워 있었던 것.

잠들고 싶어 눈물 흘렸던 것.

내 영혼에서 가장 마지막에 남은 가장 보드라운 것.

너구나.

말로 헛된 약속 하지 않아 어느 인간보다 아름다운 작
은 짐승아.

너구나. 우주에서 가장 귀여운 사자를 닮은 나의 작은 별.

너구나.

내가 나를 죽이기 전에는 죽을 수가 없는 나 같은 것.

죽으면 무지개다리를 건너가 나를 기다리고 있을 내 친구야.

너구나.

누구도 자기를 해치리라고는 상상조차 못하는 착한 마음.

너구나.

내 어둠 속에서도 촛불처럼 나를 가장 오래 지켜본 것.

십자가 위에서 피 흘리고 있는 화두

미사를 보려고 간 것이 아니었다. 그저 천주교 성경과 관련해 소설 자료 조사를 좀 할 필요가 있어서 작업실 부근 성당에 들렀을 뿐이다.

아니나 다를까. 평일 대낮인지라 성물(聖物) 가게는 불이 꺼진 채 자물쇠가 채워져 있었고 원고 마감에 쫓기면서도 허탈해진 것이 차라리 편안해진 내가 마치 내 그림자처럼 화장실 안으로 흘러 들어가려는데, 이런 검은 글귀가 문 위 나무 판에 또박또박 적혀 있었다.

── 사람이 싫으면 불을 끄고 나가시오.

나는 세면대에서 죄로 가득한 손을 씻으면서 도대체 이 성당에는 그 어떤 고차원적인 신부님이 있기에 저런 요상하고도 심오한 소리를 화장실 문 위에 써 붙여 놓았을까 하는 생각을 하였다.

그때.

갑자기 밖에서 외마디 비명이 화들짝 들렸다. 나는 즉시 마당으로 뛰어나와 사방을 휘둘러보았다. 하지만,

나 말고는 아무도 없는 성당 안은 정적만이 햇살 안에서 어둑했다.

야릇한 백일몽 같은 슬픔에 젖어 버린 나는 성모상으로 이어진 돌계단을 오르기 전 문득 등 뒤를 돌아보았다.

아까의 그 화장실 문 위에는 이런 검은 글귀가 나무 판에 여전히 또박또박 적혀 있었다.

── 사람이 없으면 불을 끄고 나가시오.

오, 주여. 내가 어젯밤 그녀를, 내 과거의 불안을 두 번이나 홀로 부인하였나이다.
안개가 나의 피고,
천둥이 나의 뼈인 나는,
내 구덩이 같은 영혼의 물결에 새겨지는 이 세계의 말씀을 질식하듯 되뇌었다.

── 사랑이 없으니 불을 끄고 내게서 나가시오.

인생

누굴 잊으려고 한 것도 아닌데

어쩌면 눈물이 날 것 같아

어두워질 때까지 조용히

앉아 있게 되는 것.

벚꽃지옥행성에서 띄우는 강철 엽서 전문(全文)

　인간의 곁에서 인간에 대해 오래 쓰다 보면 어느 날 어느 순간에는 기어코 이런 허무한 결론에 이르게 되지. 인간의 이야기라는 게 결국은 전부 사랑과 이별에 관한 이야기일 뿐이라는. 이것은 지독히 난해한 환각의 가장 이해하기 쉬운 본색, 내가 어제 그녀에게로 얼굴도 없이 띄운 여기 벚꽃지옥행성의 봄과 가을. 소년은 가끔 성벽이 무너지는 꿈에 시달리다가 깨어나 신의 아들을 닮은 한 마리 양(羊)의 눈동자를 들여다보지만, 그 안에는 한 마리 양에 관하여서는, 신과 신의 아들에 관하여서는 아무것도 들어 있지 않고, 오로지 사랑한다는 것, 그저 느닷없이 이별한다는 것만이 마음의 훼손처럼, 감각의 착종처럼 너무 슬퍼서 아름다워라. 우리는 모두 한 조각 한 조각씩이어서 조각조각 깨어지면서 사랑하고 이별했으니 이제 아파 본 적이 없는 자들은 모두 들으시오, 이것이 나의 죄요. 이제 아파하는 자들은 모두 보시오, 이것이 나의 상처요. 이제 죽어 가는 자들은 모두 소리치시오, 파도도 아니고 노을도 아닌 내가 감히 청춘의 한복판으로 밀려오고 쏟아져 내렸노라고. 사람 같지도 않고 그림자도 못 되는 내가 감히 사랑을 노래하고 이별을 논했노라고. 짐승의 살처럼 찢겨져 짐승의 피가 되어 흩뿌려졌노라고. 인간의 곁에서 인간에 대해 오래 쓰다 보면 기어코 어느 날 어느 순간에는 고작 사랑과 이별이 인간이 기념할 수 있는 전부라는 걸 깨닫게 되지. 내가 어제 그녀에게로 아무 인사말도 없이 띄운 여기 함박눈 휘몰아치는 벚꽃지옥행성의 봄가을처럼.

긴 편지

우리가 지금 어디에 있건 간에.

나는 나의 사막을 지나가야겠어.

새로운 나무

나의 새로운 나무 한 그루가 오늘 눈보라에 휘어지는 것은
먼바다에서 한 마리 물고기가 다른 모든 것들로부터 떠나
바다의 길에 휘어지고 있어서.

휘어진다는 것은
사랑에 이끌리는 것.

내가 슬프다, 라고 말하는 것은
당신의 거울에 나의 상처를 비추는 것.

나를 닮은 나의 새로운 나무는 말한다.
당신은 물고기다.

이 죽은 것 같은 겨울 거리에 혼자 서 있으면
 잊고 있었던 당신 생각에 문득 저 아무도 없는 골목으
로부터
 바다가 찾아와
 나의 새로운 나무를 휩쓸어 가고

나는
물고기로 변해
깊은 어둠 속으로 헤엄쳐 나아간다.

사랑은, 당신을 바라보는 내 슬픔에
우주가 휘어지는 것.

그리고 다시 사랑이란,

나의 새로운 나무와
문득 찾아오는 바다와
아무도 없는 것만 같은 저 골목 너머에
누군가 소리 없이 눈물 흘리며 숨어 있다는 사실과

어둠 속에서도 오로지 혼자이기에
혼자서 빛나는 물고기처럼,

아무리 잊으려 해도 아무리
잊고 있어도

당신의 거울에 내 일생이 비춰지는 것.

불에 탄 옷깃

세상은 눈보라 없는 북극 같고.
나는 거기에 있다.

가질 수 있어서 천국이던 것들과
가질 수 있어서 지옥이던 것들.
이제는 다 가지기 싫다.

나는 1월의 별들을 바라보며 오로지
한 단어로 너에 관한 시를 쓸 수 있는 밤을 기다리지만
종국엔
사랑이 매명(賣名)이 되고,
인생이 중역(重譯)되는 것만 같고,
알량함이 벼랑보다 더 큰 힘이 되고,
환한 아이의 웃음이 비애가 되고,
이 소중하고 낯선 작법이 배덕이 되고,
뭐 대충 그래서 나는, 나의 방황이 나의 비리라는 사실
을 자백할 수밖에 없다.

애인아. 첨탑 위에 꽂힌 저 천박한 십자가도 죽음을 가

지려다가 생긴 것이다.

　인간에게는 하나님과 사냥개가 다르지 않기에 네가 아무리 기다려 준들 내가

　오직 한 단어로 너에 관한 시를 쓸 수 있는 밤은 결코

　오지 않는다. 다만 애인아.

　꿈만 꾸면 불에 타서 재가 돼 버리는 사람은 멀리서 걸어오는 발걸음이 다르다.

　1월의 별들이 비애와 배덕처럼 빛나는 밤에 어디서든

　쓰러져 자고 일어나면 외투 옷깃이 그을려 있는 내가

　이제는 가지고 싶어도 가질 수 없는 것들을 다 가지기 싫다고 허세 부리는 내가

　사랑의 매명과

　인생의 중역과

　벼랑 끝 알량한 웃음으로 가득 찬 이 방황의 비리를 멈추지 못하는 까닭은,

　눈보라 없는 북극 속에 서 있는 저 빙벽이

　노래로는 무너지지 않기 때문이다.

어머니를 잃은 세상 모든 아이들을 위한 시

사람이 무엇인지 잘 알고 계시는 주님.
어머니가 제 곁에서 떠났습니다.
사람의 슬픔이 무엇인지 잘 알고 계시는 주님.
제가 태어나고,
제가 자라고,
제가 편히 쉬던 저의 나라가 문득 사라져 버렸습니다.
이제 저의 낡고 작은 노래 상자는
어둠만이 고여 있을 뿐
아무 소리도 들리지 않습니다.
지금 이 세상에서 가장 슬퍼하고 있는 사람이 누구인지
잘 알고 계시는 주님.
이별이 없는 세상이 있다고 믿은 적은 없지만
저는 이 이별이 영원한 것만 같아 가슴이 무너집니다.
슬픔을 아는 자들만이 음미할 수 있는 아름다운 음식이
있다고 해도
슬픔을 이해하는 자들만이 사랑할 수 있는 고결한 꽃이
있다고 해도
저는 오늘 이 묘지의 안개로부터 멀리 달아나고 싶습니다.
조문객들로부터도 멀리 달아나 버리고 싶습니다.

주님에게 의지하는 사람의 마음이 무엇인지 잘 알고 계시는 주님.

불행의 그림자들은 제 할 일들을 다 하고 나서야

아무 의미 없는 그늘이 되는 것만 같아 쓸쓸합니다.

하지만 주님.

제가 태어났고

제가 자라났고

제가 편히 쉬고 제가

울고 웃을 적마다 함께 울고 웃던 제 어머니의 주님이시여.

그 어떤 힘겨운 눈물 속에서도 슬픔은 훗날 후일담일 뿐이며

우리가 살아 있는 날들 동안 저 낡고 작은 노래 상자 안에는

어머니의 사랑과 그 빛이 사라지지 않게 하소서.

지금 이 세상에서 가장 슬퍼하고 있는 사람이 누구인지 잘 알고 계시는 주님.

이별이 없는 세상이 있다고 믿은 적은 없지만

저는 이 이별이 영원한 것만 같아 가슴이 무너지지만

슬픔을 아는 자들만이 음미할 수 있는 아름다운 음식처럼

슬픔을 이해하는 자들만이 사랑할 수 있는 고결한 꽃처럼
주님 안에서 우리는 결코 헤어질 수 없다는 것을 믿게
하소서.

이 모든 말씀, 주님의 슬픔으로 기도드렸습니다.

아멘.

전갈자리 전문(電文)

소행성에서 산다는 것의 가장 큰 어려움은 무엇입니까?

당신이 바라보고 있는 그 노을에 갇혀 있다는 점이죠.

노을은 아름답지 않나요?

아름답죠.

그런데 왜?

아름다운 것을 멀리서 바라보지 못하는 것보다 더 큰 고통은 없기 때문이에요.

내 안에 이미 오래전에

소홀한 마음과 묵살된 독백, 붉은 뱀이
따가운 햇살에 투명한 독을 삼키듯 이미 오래전 내 안
에는
이 한 줄의 시.
얼기설기 추억이란 눈 감으면 재가 되고 잠시나마
그러며 환해지는 당신에게 나는 내가 죽었다고 해도
용서할 수 없게 된 건 아닌지. 멀리 가지 마오, 너무
멀리 가면 사실 거긴 아무도
아무것도 없어서 무정한 하나님조차
뜻을 헤아릴 수 없고
그저 고운 미소와 젖은 눈동자로만 남아 이 한 줄의 시.
노을과 별들 안에 구더기처럼 들끓는 천국,
인간, 내가 가장 이해할 수 없었던 사막아.
우리가 약탈하고 박해했던 슬픔에 관한 모든 것들아.
차마 구원할 수가 없고, 구원받기는 더 싫어서
난세처럼
밀고처럼
사랑은 오고. 어쩌면 모르는 게 낫다는 듯
이제 세상은 갑자기 조용한데

내 안에서만 익살처럼
죽음의 익살처럼 꽃이
한 줌 바람에 세계를 뒤흔들 듯
이 한 줄의 시.

중년(中年)

여기까지 나무미아미타불

내 인생,

『서유기(西遊記)』같은.

이별

눈물을 잃은 그림자, 연인은 질문 때문에 헤어지는 것.

나는 내 죄를 맛보며 당신의 고통을 이해하지만, 당신은 어제처럼 내일도 어둠 속에서

불길에 휩싸여 뒤척이는 가시덤불처럼 여전히 가슴 아프고 아름답겠지만

살아 있는 것들은

살아 있는 것들끼리 조롱하며 각자의 몰락을 견디는 법이다.

무엇을 잊지 못하여 괴로운가. 무엇이 당신의 상처를 닮은 주님인가.

얼마나 하찮은 시절이 당신을 짓밟고 지나갔으며 얼마나 심각한 혁명이

당신을 변명의 소굴로 내몰았는가. 지금 여기는 서하(西夏)와 누란(樓蘭)이 아니고,

아직도 거기는 쓸쓸한 유언과 훼손된 익살이 아닌데,

문득 멀어지면 다시는 돌이킬 수 없는 오슬로의 새벽 광장과

시베리아 유형지의 밤 불빛 없는 술집이 아닌데,

당신의 눈동자 속에 암매장했던 내 청춘은

이제 와 일생을 바라보고 헤매도 대체 어디에 그랬는지
조차 종잡을 수가 없고,

백골이든 먼지든

구름이든 장미든

사실 고백이란 수줍은 고문의 투명한 형식이어서

오늘 우리가 이렇게 아무리 사랑해도 불행한 까닭은

사랑이란 원래 불행하기 때문이다. 다만

무엇이 외로운지 알고 싶지도 않은 이날에,

당신을 회고하며 눈을 감으면 언제나 나는

불타오르는 얼음의 강 위에 홀로 서 있을 뿐인데

내가 당신의 어떤 소식이 될 수 없는 그날까지.

당신의 불행이 나를 뒤흔들지 못하는 그날까지.

사막이 너무 숭고해 그야말로 저

인생 같은 모래를 손주박에 담아 얼굴을 씻으며 울고 있
던 당신에게

나는 백골이든 구름이든

먼지든 장미든

아무런 혼잣말로도 남겨질 수가 없어서

살아 있는 것들은 오로지 서로

살아 있는 것들끼리 조롱하다가 사랑을 발견한다고는 해도

연인은 질문 때문에 헤어지는 것.

새

전동 휠체어에 앉아 있는
왼쪽 다리 없이 추레한 중년 사내.
대형 마트 계산대 앞에서
달랑 새 모이 한 봉지만을 가슴에 품고 있다.

필시 요 근처 낡고 어두운 임대 아파트에 혼자 살며 새
를 키우나 보다.

새.

날개 달린 것과
날개 달린 모든 것들의 이름.

행복하거나 불행하거나.
새를 가두어 기르는 사람들은 그 둘 중에 하나다.

새.
어디론가 사라져 버리고 싶었던 시절과
아무것도 아니어서 걸어 다니는 게 치욕스러웠던 시절.

새.

사실
인간은 모두 하늘을 날지 못하는 불구가 아닌가.

사랑이 없었다면
기도를 잃지 않았을 것이나,

사랑하지 않았다면 아무것도 믿을 수 없었을 게 아닌가.

그 전동 휠체어를 뒤따라 대형 마트 밖으로 나서는데,
부우웅 ──
검고 커다란 새 한 마리가 하늘 높이 날아오른다.

피뢰침을 잃어버리다

어느 날 다시 네가 그리운 것은 삶에 대한 병든 적개심
이 아니다.

가장 환한 시절 가장 높은 곳에서 피뢰침을 잃어버린
나는

이 어둠을 지워 버리기 위해 아직 더 혹독한 어둠이 필
요하고

저 먼 과거, 바로 지금 같은 그 청춘의 오후에 붉은 꽃
이 피면

수줍은 너는 마치 나와의 첫날처럼

두 손에 뭉게구름을 적시고 미소 짓기만 하여

이 세상에는 아름다워서 슬프지 않은 것들이 하나도 없다.

편지를 쓰려던 게 아니었기에 편지는 쓰지 않으나 설명
하고픈 것은

나는 외로운 너에게 나의 불행을 설명하려는 게 아니다.

다만 우리가 균열을 내면 빛은 들어오고 벽은 무너져 내
릴 것이니

내게는 너의 눈물 맺힌 눈동자 같은 음악이 있다.

며칠과 몇 년이 아니라 일생을 다 바쳐도 어둠을 벗어나
려는 마음이 있다.

피뢰침을 잃어버린 게 불안한 것이 아니라,

그따위 불타오르는 것들이 지나간 흉터가 중요한 게 아니라,

내가 스스로 피뢰침이 되어 너에게로 쏟아지는 벼락과 천둥을

온몸으로 받아 내고픈 소원이 있다.

이것은 가장 개인적인 일이므로,

가장 우주적인 일.

내가 어둠을 무너뜨리는 무기가 되는 일.

북쪽 침상

나의 늙은 개는 조만간 무지개다리를 건너갈 것이다. 시인이 되었던 스무 살 무렵에는 세상 모든 음악들이 죄다 굉음 같았다. 그땐 정말로 그랬지. 희망을 잃은 혁명가들은 갱지에 등사한 문건들을 파기한 채 미신에게로 가 무릎을 꿇었다. 내가 온갖 잔꾀를 부려 천국에서 왔다고 거짓말을 늘어놓은들 이 밤과 이 낮이 내 구원과는 아무런 상관이 없는 것처럼. 기억하는 것과 마음이 아픈 것과 사랑하는 것. 개소리를 쓴 주제에 한 글자도 고치지 않고 가슴 깊이 간직하는 것. 삶이야, 사실 애걸복걸이지. 환멸을 예배하지만 광신이 서툴러 홀로 남은 그들은 순교하지 않아도 모순으로 가득 차 있어서, 눈 내리고 빛나고 폭발한다. 사랑이야, 사실 애걸복걸이지. 나는 너에 관한 회고에 불과하다고 말해 주고 싶은 것이지. 그토록 청춘을 송두리째 바쳐 바라고 또 바랐건만 세상이 아직도 망하지 않았으니, 어느덧 아무도 원하지 않은 씨앗처럼 신념이 쑥쑥 자라나 내가 배척과 모멸이 되었을 때 나는 비로소 방주의 잿더미 위에 멍하니 서서 이런 생각에 잠겨 있는 나를 쳐다보았다. 그래. 너희들의 더러운 삿대질이 전부 맞다. 아무것도 믿지 못해서 나는 기도했다. 그리움이 병을 앓고 난 뒤에 남은 척박하고 알량한 이것이 나의 본색이다. 싸움이야, 사실 애걸복걸이지. 증언의 권위는 짐승의 시간 속으로 사라졌다. 실존적인 것들과 실증적인 것들 사이에서, 날아가 버리는 것들과 제자리에서 불타 버리는 것들 틈에서, 난잡한 인생이 섬기는 과도한 신의 혼돈처럼 그 모양 그 꼴로 요약되지 않아 미안하지만 나는 숭고하다. 인간은 괄호 안에 갇힌 신의 그림자. 신이 아닌 이상 세상 모두를 이해할 필요까진 없다는 붉고 아름다운 속삭임일랑 어두운 입술에 적시지도 마라. 곧 사막에 비바람이 몰아칠 것이다. 모래언덕들이 금빛 강으로 변할 것이다. 내 죄가 내 안에서 꽃피듯, 내가 어떤 길에서도 너무 괴로워 아무 꽃 한 송이조차 꺾지 못하듯, 나에게는 강철처럼 무정한 새로운 노래가 있을 뿐이니. 방금 나의 늙은 개가 미소를 머금고, 북쪽 침상에 누워 입적했다.

나무

내가 기다리는 동안
나의 일생 동안

너의 밤과 낮,
너의 눈보라와 비바람이 모두
영원히 나인 것처럼,

오로지 너만이 너 때문에
이러는 나를 모를 뿐 나는 언제나

단 한순간도
잠들 수 없었다.

나를 뒤흔든 사흘

의혹이 신념과도 같은 밤.
어둠 속에서 안도하는 영혼은 다 나의 형제이니
괴로워라, 과거는 전부 지문(地文)으로 처리되고
사랑은 분명히 독백보다 슬픈 것,
막중한 사흘
티끌 같은 인생
고래 배 속 그 밑바닥에 귀를 대고 기도하는 광야여.
바다의 모래 폭풍을 듣는 일은
눈을 감으면 보이는 사막이 이별하는 인간들의 것이 아
니라
전갈과
낙타의 것임을 아는 일,

그 사흘.

너의 시작

눈 오는 밤에는
무너지는 사람의 발자국 소리를 안다.
보이지 않는 숲은 보이지 않는 숲인데
눈 오는 밤에는
환대를 부끄러워할 그 사람의 발자국 소리를 안다.

지난날의 거의 대부분, 나는 모른 척하는 내가 괴로웠던
게 아니다.
나는 모른 척하고 싶었다. 보이지 않는 저 숲처럼.
눈 오는 이 밤에도

무너지는 사람이며 환대를 부끄러워하는 사람인 그 사
람이
내게로 다가오고 있는 이 밤에도

누군가는 기증이 된 시신이 되어
앳된 의대생들에게 둘러싸여 있다.
그리고 눈 오는 밤에는
마음이 복잡한 저 여인의 시는 뭘까, 하다가 한 생이 다

간다.

　눈 오는 밤이 아니라도
　나는 늘 시대보다는 인간들과 반목했다.
　모든 인간들이 내게는 미리 본 내 죽음이었고
　모든 인간들이 내가 이해할 수 없는 시간의 전부였기 때
문이다.
　눈 오는 밤이 아니라도
　나는 언제나 내 친구들이 이민족 같았다.
　다만 눈 오는 밤, 너의 시작과
　연민과 그리움에 우매한
　해괴한 나는,
　눈을 감고 오직 너만을 생각한다.

　깊이 사랑하는 것,
　보이지 않는 숲 안에서 살아 항상 혼자 있는
　도저히 내가 나일 수밖에는 없는 너를 생각한다.

　그러니 눈 오는 밤마저 잃어버리면

어떻게 이별이 우리의 종교가 될 수 있겠는가.
헌신이 있고 갱신이 있고 희생이 있어서
사실은 다 외로운 거짓말이었노라고 회자될 수 있겠는가.
눈 오는 밤에는

슬프고 아픈 사람의 발자국 소리를 안다.
눈으로 본 것만을 믿는 자는 세상이 가짜를 보여 주면
믿게 된다는 것을
미리 본 내 죽음 같은 후회가 부끄러워
조용히 아무도 몰래 무너지면서 내게
보이지 않는 숲이 돼 버린 너를 알게 된다.

새벽 기도

나는 이미 그 사람에게는 죽은 사람이다.

죽은 사람과 마찬가지이다, 가 아니라, 완전히 죽은 사람. 시체.

그 사람은 자신의 마음속에서 나라는 촛불을 꺼 버린 지 오래.

그 사람은 어둠 속에 있다. 그러나,

나는,

그의 어둠이 아니다.

내 개의 눈동자에는

애인을 잃은 나를 바라보는 내 개의 눈동자에는
인간의 모든 것들이 담겨 있지.
안쓰러워하는 마음.
사랑과 사랑의 두려움, 내가
있지.
절대 아프면 안 돼. 알았지?
우울해하면 안 돼. 알았지?
이런 말이 있지.
헤어지지 말자는 말.
내가 너를 끝까지 지켜 줄게,
이런 말.
실망시켜서 미안해, 그렇다고 날 버리면 안 돼,
이런 말도. 나는 너의 불안과 어둠이 힘들어,
하지만 나는 너와의 산책이 천국 같아.
그것 하나 때문에 지옥이 뭐든 다 견딜 수 있어,
이런 말.
사랑이란 이런 거겠지. 네가 누구인지 몰라서
사랑을 시작했던 그 순간처럼. 아직도 내가
누구인지 몰라서 혼란스러운 너의 마음처럼.

사실은 아무것도 상관없는데.

아무것도 필요 없는데.

뭐라고 해석이 안 되는 밤하늘 별자리에서

너와 나, 우리의 운명을 읽고

사막의 모래 언덕에서 없는 길을 찾아가는 일과 낙타의

궤적,

거스르기가 무서운 인연 같은 외로움.

그런 거겠지.

애인을 잃은 나를 바라보는 내 개의 눈동자에는

너라는 우주가 있고.

네가 나를 떠나 버리면 당장 영원히

죽어 버릴 것만 같은 내가 눈을

감은 채 너를 바라보고 있고,

바다 같은

내 눈물이 있고.

내 눈물 같은 바다가 있고, 잘못했다고 말하는

내 피와 뼈가 있고

꽃과 함박눈이 있고

그리고.

그리고,

아무것도 아닌 내가 있지.

네가 없으면 그 무엇도 될 수 없는 내가 있지.

내가 누구인지 몰라서 당황했던 내가

난생처음 사랑을 알게 되어

환하게 웃었던 그날 그 순간이 있지.

제발 나를 미워하지 마,

미안하다는 그 말이 있지.

내 곁에 있어 달라는

그저 그 말이 있지.

사랑에 관한 무의미 소품D

꿈에서도 가슴이 아프다는 말을 당연하게 하는 사람과
는 만나고 싶지 않으나

꿈에서도 가슴이 아프다는 말을 이해 못하는 사람과는
만나고 싶지 않습니다.

사랑이란

우리의 희생이 저 어둠 속의 풀벌레 한 마리도 설득하지
못할 때

당신이 나의 곁에 우매함처럼 오래 남아 있는 것.

고통을 방관하지 않으면

도처에 순교자뿐인 이 사바의 강철 숲에서

자부심보다 더 슬픈 게 없는 인간이라는 횃불에게 속삭
일 것은.

비격진천뢰(飛擊震天雷)

화약과 쇠붙이들로 가득 차 있는 단단한 마음의 몸이여.
밤보다 깊은 새벽 불공(佛供)처럼
소신공양(燒身供養)한 등신불(等身佛)처럼
적(敵) 앞에까지 가 가부좌를 틀고 앉았는데
사랑하자고 사랑하기만 해서는 안 될 일이다. 삶이란
뿌리를 가두는 화분 같은 세상일랑 바수어 버리라고 있
는 것.
이별과 상처야 연인들의 신학(神學)이지만
죽음이야 인간들이 만든 하나님의 표정이지만
어쨌든 가장 위험한 시가 되고 싶었던 청춘.
고요하고 모멸당하고 각광 받고 또 고요하다
이윽고 폭발해
산산이 흩어져 날아가 박히는 찰나와 찰나에
불안이 용기가 되고
기다림이 그대가 되고
어둠이 환하고
무너뜨려야 되니 무너뜨려 버리는
적을 금빛 모래 더미로 만들어 버리는
애지중지 내 날벼락. 삶이란,

천둥과 불길이 되라고 있는 것.

성벽 아래서

몰래 증오하던 이가 죽음처럼 후회하고 있는 것을 보면,
마음이 어지러워 미쳐 버릴 것 같다. 그래도
그래서 그러는 것을 조금도 내색하지 못한 채
겨울이 오는 것과
겨울이 가는 것을 걷는다. 너를
잊은 뒤로 나는 네가 슬퍼하던 나일 수 없지만
밤이 오기 전에 누가 가장 괴로운가. 밤은 무엇인가.
선언하듯 살아가는 것은 오직 인간이라는 해충뿐이어서
주님이 내게 바다와 석양을 주고 그 대신 피와 눈물과
기억을 지키라 하셨으니
밤을 아는 별들의 태생은 사막이다.
청춘이 약탈 같아서 조용히 고개 숙인 자에게 통증이
스미듯
나는 길을 멈추고 나를 내려다보는 저 성벽을 올려다본다.
아팠던 것이 죄는 아니다.
영혼의 밑바닥까지 전 생애가 가라앉는 것도 죄는 아니다.
이 세계의 소임은 사랑의 소임.
재는 나의 구름이요 인간은 서러움을 벗어나지 못한 것
들의 유품(遺品)이니

상처 주고 싶지 않다면 누구에게서든 전력을 다해 숨어
있으라.

흩어 버리듯 어루만지는 신의 손길은 소년의 눈길.

오래 사랑하던 이에게서 나처럼 나 같은 어두운 고백을
들으면 성벽 아래

홀로 서서 묻게 된다. 밤이 오기 전에

누가 가장 외로운가. 잠들지 않고

아침을 기다린다는 것은 무엇인가.

새벽

내가 죄인의 얼굴로 곤히 잠든 지난 밤,

세상이 아파서 울었던 나무들의 발자국.

홀로 있는 자정의 패종시계 소리

꽃씨 하나에도 우리가 세우고 무너뜨릴 국가가 있다는 당신의 그 말이 좋아서 나는 당신을 사랑하였습니다. 모래알 같은 꽃씨 하나의 그다음의 세계가 보고 싶어서 어느 날 당신이 저렇듯 중요하지만 무서운 일을 시작하였듯이. 이것은 사실 파란 장미 장례식. 나는 자정에 홀로 책상에 앉아 만년필로 글을 쓰고요, 같은 종(種)끼리 학살하는 것은 인간과 쥐 같은 것들 몇 개뿐이라고 한 줄 쓰고요, 행복을 대하는 태도가 다른 것까지는 관여하지 않겠다던 당신이었으나 불행을 대하는 태도가 다르기에 우리의 사랑에는 희망이 없었던 겁니다. 왜 세상은 다 혈투 아니면 혈서 같은지요. 인간 아니면 쥐 같은지요. 그러니까 뭐 주로 그런 것들, 왜 말도 안 되는 이야기 같은지요. 꽃씨 하나에도 우리가 세우고 무너뜨릴 국가가 있다는 당신의 그 말이 좋아서 나는 당신을 사랑하였습니다만, 모래알 같은 꽃씨 하나의 그다음 세계인 당신, 나의 파란 장미 장례식 같은 당신, 행복하다는 말은 위험한 태도였던 겁니다.

옹이

상처가 연단되면 옹이가 되어

톱날이 닿아도 부러뜨리고

망치로 내리친들 아무 소용없이

고요하다.

그 누구도 나를 제가 쓰고 싶은 모양의 가구로 만들지 못한다.

나의 친구가 되려거든 죽은 장작이 아니라

비바람 눈보라 속에서 흔들리며 살아 있는 나무에게 말을 걸라.

나의 상처는 나의 자유,

옹이는 나의 심장,

핵심이다.

소도시에서 사라지다

예언자들을 피해서 이곳으로 내려왔다.

나는 명료한 인간이고 싶었지만

그러지 못했고

다만 세상의 종말을 말하며 인간의 죄를 차별하지 않는

죄인이 되었을 뿐이다.

대학 시절에는 차가운 골방에서 앉은뱅이책상 앞에 담

요를 덮어쓰고 앉아

타자기에 총탄을 장전하듯 갱지를 끼워 넣은 뒤

하얀 입김을 손끝에 후후 —— 불며

한 글자 한 글자

이 세계를 저격했더랬다. 하지만 이 소도시에서 어느덧

청년도 늙은이도 아닌 이상한 남자가 되어 깨닫는 것은,

나는

아무도 죽이지 못했고

아무도 살리지 않았다. 예언자들을 보는 게 피곤해서

정의로운 인간들만 득실거리는 그곳에서 도망쳤다.

도저히 좌절과 희망 사이를 중재할 수가 없어서

술에 취하면 내 앞에서 벙어리 무지개로 변해 버리는,

사랑하고 싶은 그 여인들이 죄다 싫어서

비바람이 묻어 있거나 성에가 스미어 있는 이 작은 창에

나를 사랑해 주었으나 내가 버렸던 몇 안 되는 이름들을

뾰족한 철사 끝으로 새겨 넣는다. 인간은 한낱 절망의 궤적이 아니라

신의 지문이며 죄는 손이 짓는 것이니

신이야말로 죄인이 아닌가. 이 소도시에는

나처럼 예언자들의 멸시를 견디다 못해 숨어 있는

작은 쥐들이 얼마나 될까. 만일 의외로 좋은 음악이 흐르는 찻집이라든가

다 허물어져 가는 술집에서 우연히 마주치게 된다면

우리는 서로를 못 본 척할 수 있을까.

아름다운 성벽 안에는 아무도 모르는 무기고와 오래된 교회가 있고

자정부터 새벽까지의 침묵이 있고

신에게 징병당하기가 싫어서 미치광이가 된 아이들의 노랫소리가 낮잠처럼 종종 들리고

비로소 어린 짐승들은 참혹한 밤을 견디는 법을 배우고

혼자 있을 수 없는 살덩이들이 썩기도 전에 재가 돼 버
리고

인간의 슬픔을 경멸하는 고약한 연구와 함께 너를 떠올
리면 창밖에는 노을이 오고

이별하는 심장에는 먼지가 가라앉아 사금파리가 되고

이것이야말로 인생이라면 천국이든 지옥이든 감회가 있
어야 할진대

대체 불행해서 뭘 어쩌자는 것인가. 나는 이 사랑을 손
쓸 방법이 없다. 대신,

그 대신,

아무도 죽이지 못했고

아무도 살리지 않았던 한 남자가 이 소도시에서

이제는 청년이 아니고

아직은 늙은이도 아닌 탓에 깨닫는 것은

들리는 목소리는

허기진 자여. 먹고 마시지 마라.

혁명은 생선이므로 이 무더운 세상에 두지도 마라.

어둠 속에서

사투가 아닌 것은 예배가 아닌 것.
그 죽은 물고기를 강물에 놓아주고
멀리, 아주 멀리 헤엄쳐 바다로 사라지는 것을 보라.

너는 성찰하는 괴물이니.

범패(梵唄)*

어인 일인가.
저 모래 지평선 위 고래 지느러미
내 십자가처럼
그가 거꾸로 못 박힌 나의 십자가처럼
짐승의 가고 오는 곳을 서성이는 우연에게 물어볼 것은
그저 두 얼굴에게 물어볼 것은
어인 일인가.
하나는 살아 있는 한 기억해야 하고
하나는 죽었으니 영원히 잊어야만 하는
물리치느라 애먹는 이 두 얼굴.
고래고래
삶이 이상한 낭독회 같아서
잘 들리지만 이해해서는
안 되는 가락 같아서
내 피 맛, 시궁창 같은 천국
세상의 어두운 이 한낮 같아서
마음이 열리지 않으니
부서지는 종소리 같아서
총소리 같아서

어두운 나무들이
사람보다 더 사람 같은 그 어두운 나무들이
어둠의 심장 속에서 활활 불타오를 적에
우리가 그것을 멍하니 바라보며
말할 수 없는
말하게 되어서도 안 되는 슬픔에 사로잡힐 때 나무보다
더 나무 같은 사람들이 되어 가고 있을 적에 성벽(城壁)은

바다처럼 파도치고
어인 일인가.
누군가를 기다리는 사람
그 사람
나의 여인, 영혼 같은 무덤
타락이 너의 하얀 손가락 같아서
벼랑으로 내던져지는 모든 것들이 사랑 같아서
너의 곁에 누워
죽는 그 순간까지 조용히 세어 보는 숫자가 될까 봐서
어인 일인가, 이 인생
너와 나의 두 얼굴

여기
어인 일인가.

* 죽은 이를 위해 불공(佛供)을 올릴 때 부르는 노래.

결국

당신은 아직도 내 마음속에 있다.
이러한 나를
당신이 모른다면 결국 아무도
나를 모르는 것이다. 나는

내가 사람에 외롭고 세상에 시달리고 어둠에 죽고 싶었던
날들을 기억하지만, 그래도 그

숱한 밤들이 항상 지옥만이 아니라 간혹 추억인 것은,
내가 불구덩이 속에서도 나의 마음을 찾아 헤매다 결국 당
신을
만났기 때문이다. 사람에 외롭고 세상에 시달리고 어둠
에 죽고 싶었던 날들이여.
이러한 나를 당신이 모른다면, 결국 나는

아무것도 모르는 사람이다.

태풍이 만들어지는 곳

내가 증오하는 세상보다는 도무지

알 수 없는 나로 인하여 어둠 속에서 홀로

무너져 가고 있던 시절

환한 대낮에 인파 속을 아무리 걸어 다녀도 잠시

그 자리에 피뢰침처럼 서서 눈을 감고 있으면

세상이 비 내리는 내 묘지 같던 시절

뭐든 손에 쥐어지기만 하면 압제자가 되어

다 때려 부수고 전부 불태워 버리고 싶던 시절

나의 스물다섯 살과 병든 낙타

내가 몰래 좋아했던 사막과 말문이 막히는 슬픔

죽음이라는 삶의 아류 앞에서 역사와 혁명은 과도하니

고통이 아프기보다는 지루했던 자들의 눈동자를 용서하

여 주시고

우아한 필치로 저지른 주기도문 같은 위선을 용서하지

마옵소서.

어차피 사라져 버릴 주제에 영원할 거라는 매번 그 소리

말도 안 되는 개소리, 이 사랑이 왜 잊을 수 없는 일인가.

주여, 저는 그저 폭력처럼 주술처럼 일관된 어둠의 수공

업이 되고 싶었나이다.

처신이 약탈 같고 자부심이 더러운 노릇인 며칠과

또 절대로 끝나 버릴 것 같지 않던 그다음의 며칠들이 죽기보다 싫었나이다.

얼굴 따위 목소리조차 가지고 계시지 않은 주여,

캄캄하고 적막한 나의 주여. 소년을 위한 사랑의 해석을

더 이상 파도치는 바다 위와 바람 부는 모래밭 위에 새겨 두지 마시고

사랑의 위력이,

일생의 어느 때이건 가만히

눈을 감고 있으면 내가

이제는 바로 내가

재의 길을 알고 불의 길을 걸어온 내가

증오하는 나 자신보다는 도무지 알 수 없는

세상으로 인하여 홀로

세상을 휩쓸어 버리며 건너가려고 비로소 지금 여기 내 안에

만들어지고 있나이다.

아멘.

내가 기도하는 법

개에게는 인간의 변절 말고는 지옥이 없다.

그 공터에서 나는 하나님의 시체를 보았다.

어둠으로 내려가는 뿌리의 길, 구름나무의 길.

붉은 별들이 떨어지는 밤 나의 묘지는 내가 살던 곳이
아니다.

아주 오래전 내가 읽었던 그 책을 쓴 그 사람,

아직도 죽지 않았다는 것을 우연히 알게 되었을 때 참
이상하였다.

얼음 강 위에 검은 구멍을 발견하면 내 영혼이라 여겨다오.

낙서를 잘한다는 것도 일종의 권력이겠지.

그는 단언하자마자 맹목했고, 그의 그녀는 모순에 등불

을 켰다.

천만에. 인간은 모든 것들의 지옥이다.

그들이 공터에서 개와 하나님의 시체에 불을 질렀다.

이제 이 마음이 내게

　괴물의 성찰을 가져다준다고 한들 햇살 아래서 그늘진 그날 너의 그 표정 영원히 잊을 수가 없기에 차라리 내가 세상에서 어서 사라지는 편이 낫고, 세상의 아무것도 용서할 수 없다는 너의 그 눈빛, 이게 뭐야, 이게 뭐야, 하면서 인생이 세상 위에 왈칵 다 엎질러진 듯 울고 있던 네가 떠오르는 밤. 태풍이 다가오는 밤. 장님이 아니면서도 점자(點字)를 읽듯 먼지를 읽고 내뱉는 말도 안 되는 나의 한숨 소리, 대체 이 사랑이 뭐라고 잊을 수 없단 말인가. 태풍이 다가오는 밤, 고백이 외로운 사람의 의무가 아니어서 참으로 다행이다. 이제 이 마음이 지쳐 쓰러지면 이토록 오래 기다렸던 게 결코 우연이 아니었음도 알게 될 것이다. 그 읽을수록 이해할 수 없이 깊어지기만 하는 책을 쓴 그 여인, 며칠 전 기도가 뚝, 끊기는 침묵처럼 죽었다는 사실을 우연히 알게 되는 일처럼. 이제 이 마음이 내게 괴물의 성찰이 되는 밤. 그 읽을수록 가슴만 아픈 책을 쓴 그 여인, 며칠 전 기타 줄이 뚝, 끊기는 선율처럼 죽었다고 누가 우연히 알려주는 일처럼 기도하는 자는 사랑에 훼손된 것을 부끄러워하지 말아야 해서, 이 냉정한 지옥, 내가 누군가를 추모하듯 태풍을 기다리는 밤. 괴물의 성찰이 다가오는 밤.

인간

세상이 쥐덫이어서

공포에 질려 있는

자들.

소년이 잠든 곳

내 가슴은 소년이 잠든 곳 소년은 내 마음속에서 말했다. 저들은

너와 내가 이 크고 거친 강 때문에 자기들에게로

못 올 줄 아는 모양인데,

얼어붙은 강은 하얀 땅이야. 지옥 같은 겨울을 견딜 수만 있다면, 죽일 것들을

다 죽이러 군대를 몰고 갈 수 있지. 작은 말들 사이에 꼭 끼어서 따뜻하게

잠을 자고

작은 말들을 잡아먹고 작은 말들의 피를 마시며 너와 나 단 둘이 군대처럼.

그러나 나는 편지 한 줄 남기지 않은 채 붉은 별을 따라

사막으로 갔다. 비바람이 괴로워 뒤척이던 그 도시의 흑사병 같은 가로수들 가운데

가장 고요한 한 그루 아래

하나님의 심장을 암매장하고서. 붉은 별, 청춘과 그 이후,

아무리 네가 세상을 너의 모든 것들에게

그 어떤 몹쓸 짓마저 무릅쓰고 사랑했다고 해도

분쟁이 열반(涅槃)인 것을 바라며 어른이 되었다고 해도

그것이 너와 내 사랑의 중요한 일이 되지는 않지. 이 세상 모든 나무들은

그리스도가 거꾸로 매달려 죽은 십자가의 전생(前生)이니까.

붉은 별, 저 아름다운 여인이 그만 불타 버리는 것은 아닌가 하여 조마조마 올려다보는

인간이라는 것의 밑바닥.

원래는 바다였다는 사막의 모래 지평선을 홀로 넘어가며

소년아, 너는 항상 내게 이런 식이구나. 아무리 악질적인 시대라고 하여도

내게 총상처럼 남겨진 모든 것들이 네 어둠의 기록이 되는 건 아니잖아.

심장의 자리가 텅 빈 하나님의 시체가 어디 있는지는 잊을 수 있다고 믿으며

잊으렴. 단 하나의 십자가는 이 세상 모든 나무들의 미래니까.

오로지 이 질문은, 소년에게 노을 같은 칼을 쥐어 준 자

의 것일 뿐.

　내 가슴은 소년이 잠든 곳 소년의 묘지, 붉은 별, 무슨
이런 편지라니.

화엄경(華嚴經)

후리고 다니느라 미쳐 있는 게로구나.

첨벙거리는 이 물먼지가 너의 등불이더냐?

짐승의 마음 어두우니 세상 더욱 명랑하다.

오늘도 바닷속에서

내 시체를 찾기 참 좋은 날이다.

당신의 무조음 음악E

뻐꾸기 한 마리가 어딘가 아프게

어디인가에서 울자, 이 세계가 붕괴되려 하고 있었다.

그 여름날 정오 무렵, 3차 세계대전의 동백꽃이 바람에

살랑살랑

아이들이 쥐 떼처럼

줄을 지어 뛰어들며 속속들이 자살하는 푸른 강가에서

당신은 원래 천사였던 게 맞지요?

이렇게 묻는 일은 내 인생의 기슭이다.

내가 죄를 짓고 싶어서 지었겠는가?

부끄럽고 싶어서 부끄러웠겠는가?

다만 나는 사랑이 무슨 정변(政變) 같았다.

풀벌레가 문 자국 같은 이별이 악어의 이빨로 새긴 문신

(文身) 같았다.

미워하고 싶어서 미워했겠는가?

사랑하고 싶어서 사랑했겠는가?

당신의 동백꽃은 우리의 마지막 꽃, 이 죽여 버리고 싶

은 세계가

그 여름날 정오 무렵 붕괴되려는데,

내 인생의 기슭에서 뻐꾸기 한 마리가 문득 울자, 순간

아프게 그만,

    서러운 악령은 맥이 풀려 버렸다.

꿈

서른 날 밤 전에 돌아가셨던 아버지와 단 둘이 있었다.

정오 무렵 약 냄새와 햇살이 배어 있는 아버지의 방이었고

그 높이가 낮은 침대에 누워 계셨는데. 분명 죽은 사람은 아니었다.

나는 조금의 이상한 생각도 없이,

지금 내가 하고 있고 또 앞으로 해야 할 일들을 하나하나 말씀드렸다.

나머지 삶, 그것들을 하다가 죽을 거라고 말씀드렸다.

아버지는 내내 아무 대꾸도 없이 그저 누워만 계셨는데.

분명 죽은 사람은 아니었다.

나는 슬플 수 없다는 마음을 먹었다.

우리는 이제

고요하였다.

인간의 왼편, 짐승의 오른편

그 가을 내 낡은 가죽 가방 속에는 혁명이 들어 있었다. 그러면서도 나는 암호를 가지고 있는 사람이 싫었다. 그 가을을 기억한다는 것은 내가 젊은 남자였던 나를 기억하는 것, 인간의 왼편과 짐승의 오른편 사이를 떠돌며 나는 불 꺼진 술집과 아무도 없는 거리에 우두커니 서 있게 되곤 하였다. 왜 이래야 한단 말인가? 내가 가 봤던 별에는 하구(河口)가 없었고 내가 읽었던 모든 이론들은 목을 감춘 거북이 같았다. 간혹 저녁 무렵에 별이 뜨는 까닭은 이 세계에 자기가 믿던 것들로 인해 순장(殉葬)당한 이들이 있었기 때문이다. 아무리 생각하고 또 생각해 보아도, 나를 허물어뜨렸던 것이 나였고 그런 나를 다시 먼지 한 톨에서부터 쌓아 올렸던 것도 나였으니 사랑이라는 말은 가당치 않다. 다만 사랑이라는 게 고작 그 가을 내가 나무 아래 홀로 누워 있던 것에 대한 회고로 정리되는 오늘에 저 악마의 수필과 이 요괴의 윤리와 내 망고 반쪽과 네가 준 불에 탄 옷깃과 백합과 권태와 비 오는 환한 대낮의 깊은 시간과 아무도 웃지 않을 수는 없으리라는 적당한 고통의 인사와 노을에 입문하고 비바람에 파묻당하는 이 일은, 그러니까 내 말 뜻은, 내 청춘에 밤이 오는 동안 내 사랑을 다 지켜보았다면 당신이야말로 죄인 중의 죄인이라는 선언이다. 그러니, 이게 왜 잊혀도 되는 아픔인가? 인간의 왼편과 짐승의 오른편 사이에서 인간을 개탄하고 짐승을 타진하던 시절은 사실 전쟁이 아니라 쓸쓸함이었다. 왜 이래야 한단 말인가? 나는 내게 암호가 돼 버렸다.

연옥에서 보낸 편지

내가 무슨 착한 사람마냥 가만히 누워 시들어 가고 있
던 그 시절에

나는 눈보라밖에는 없었지.

나는 비바람밖에는 없었지.

세상 곳곳에 낙서를 잘하는 게 권력이 되기를 바라고
있었던 것은 아닐까,

요컨대 내 사랑이라는 건 말이야.

내가 마치 슬픔을 좀 아는 피뢰침처럼 하늘에서

가장 가까운 지붕 위에 혼자 서 있던 그 시절에

나는 눈보라밖에는 없었어.

나는 비바람밖에는 없었어.

날개가 노래의 동의어고 모든 어둠의 투쟁들이 결국 한 통속의 구걸이던,

하루하루가 내 부고(訃告) 같던 시절, 자꾸만 그 시절.

하나님을 연민하는 그리스도로 개종(改宗)한다는 게 나라는 버러지에게도 허락된다면

나라는 불붙은 티끌이라는 나라.

어디서 들리는지도 모르는 피아노 소리 같은 내 방황,

눈보라인지도 모르고.

비바람인지도 모르고.

몸의 시

백범(白凡) 김구(金九) 선생은 1938년 5월 6일 중국 장사(長沙)에서 괴한에게 저격을 당했다. 심장 아래 박힌 총탄은 조금씩 오른편으로 이동하였고 이로 인해 백범은 심한 수전증(手顫症)을 얻었다. 그날 뒤로 쓰인 백범의 모든 글씨들이 흔들흔들 흩어질 듯한 것은 바로 그 때문이다. 백범은 자신의 서체를 '총탄체(銃彈體)'라고 부르며 웃었다 한다. 1949년 6월 26일 그가 또 다른 총탄에 의해 숨을 거둘 때까지도 그 총탄은 빼내어지질 않은 채 그의 가슴속에 박혀 있었다.

폭풍에 관한 침묵

너는 무엇의 파수꾼이냐. 어둠 속에 서 있는 내게 어둠이 묻는다. 너는 누구냐고 묻는 대신 이렇게 묻는다. 너는 무엇을 지키려고 거기에 서 있는 것이냐. 곧 내가 너에게 다가가 몰아치면 살이 흩어지고 뼈가 바수어질지도 모르는데, 너는 대체 무엇을 얻겠다고 거기에서 네 몸과 영혼뿐인 것이냐. 어둠 속에서 눈 뜨고 있는 내게 어둠이 묻는다. 너의 삶이 오인 사격 같아 네가 사랑하는 이들은 괴롭거나 외롭고 너는 이 세계의 외래종 같아 너를 사랑하던 이들은 죽은 아이를 강물에서 안아 올리듯 절망해 저 문을 열고 다른 우주로 나가 버렸다. 이제 와 신을 이야기한다는 것은 고작 나비 한 마리의 백합과 구름. 폭풍이 어둠 속에서 칼 한 자루를 꼭 쥐고 있는 내게 묻는다. 괜찮으냐. 내가 폭풍이어도 너는 정말로 괜찮으냐. 폭풍이 끌어안으며 물어 오는 모든 것들에는 오직 폭풍에 관한 침묵으로 대답할밖에. 그러나 또 들린다. 너는 무엇의 파수꾼이냐. 누구를 잃지 않으려고 내 어둠의 중심 안에 홀로 서 있는 것이냐. 어떻게 나를 두려워하지 않는 것이냐. 너는 무엇의 파수꾼이냐.

저녁의 수필

아무것도 없을 것 같은 내 안에 한 나라가 있다.

자주 부서지다 못해 아주 허물어진다. 먼지는 고요하니 통렬하다. 비에 젖어

지워지거나 햇살 속을 떠다니다가 사라진다. 나는 싸우다 지쳐 앉은 자리조차

태풍 속이었다, 그게 내 나라. 차라리 죽어 버렸다면 별일 없었을 청춘,

그래서 나는 괴로움이 외로움보다 커다란 어린 것들을 이해하는 두려움이다.

아무도 없을 것 같은 내 안에 나만 있는 한 나라가 있다. 넘어지고

고꾸라지고, 영혼을 뒤흔드는 노래 한 곡을 황혼의 길거리 모르는 사람 곁에서

우연히 듣게 되었을 때처럼 네게 지은 내 죄에 합장(合掌)하는 나라가

내 목숨 속에 있다. 넘어지고 고꾸라지고, 사랑이

무슨 뼈가 부러지는 일 같고 일생 신을 쫓아다니다가 발견한

낙엽의 뒷면이 전선(戰線)이고, 그리움이 개같이 굴고,

무엇이라도 상관없는 내 안에 그러한 나라 하나가 있는데,

원하지도 않건만 죽을 때마다 매번 부활하게 되는 나라,

내가

나를 버리기 전에는 그럴 수밖에는 없는 나라. 이 세상

모든 사람들이 조문객(弔問客) 같다.

거리

우리는 한 인간으로서 누군가에게 천사가 되고

누군가에게는 악마가 된다. 내가 악마이면서도 천사라는

빤한 이 사실이 괜히 낯설어지는 오후, 나는 거리에 있었다.

천사와 악마 들이 어깨를 툭툭 부딪치며

썰물과 밀물처럼 밀려다니는 우리의 거리에.

이 하고 싶은 말들이 어디론가 다 사라지고 나면

처음 보는 여자에게 무언가를 고백하는 일이 잦아지고, 오래전 나를 만났다는 그 사내를 나는 기억하지 못하여 인류의 종말이 소홀하다. 이 슬픈 노래를 지어 부르는 저 여배우의 과거에는 대체 무슨 과도기가 있었기에 속삭이는 감정이 퇴각하는 복음(福音)일까. 번개는 먹구름 안에서 야위어만 가고, 조용한 대낮이 두각을 나타내는 나의 벼랑, 이 모든 말들이 내 안에서 사라지는 것과 함께 나 또한 너의 곁에서 떠나 버릴 것만 같으니 만년(晩年)이라고 해서 함부로 찾아와 괜히 칼로 찌르고 짓밟진 마라. 그리고 제발 서로 용서하고 그러지들 마라. 산 자는 사랑하거나 미워하는 것이다. 이 하고 싶은 말들이 어디론가 다 사라져 버릴 때까지 기도는 죽은 자들을 위해서 하는 게 아니니, 구원 따위 줘도 안 먹는다. 불타 버려, 다 귀찮아.

저 검은 숲이 우리의 묘지처럼 불타오른다

흔들리니 환한 것, 태풍이 오는 길을 아는가.
애인아, 저 검은 숲이 우리의 묘지처럼 불타오른다.
그날 너는 내게 검은 책을 건네주면서 나무들이
외면하더라도 침묵을 잃지 말라고 충고했더랬다.
아무런 위안도 되어 주지 못하는 사랑에 밤이 오는 동안
세상에서는 누가 가장 어두운가. 왜 이 검은 책은
세상의 묘지이고 또한 검은 숲인가. 밤이 오고 나면 이
어둠 속에서
너의 어둠은 멀리멀리 어찌 되는가. 너는
대체 어디에 있는가. 만약 그날 그 거리에서
사랑이 온갖 허물일 수밖에는 없는 나에게
인간에 대한 조예를 위해 이 검은 책을 건넨 것이라면
힘들어서 그랬어요? 그런 거예요?
아직도 외로울 적마다 나를 괴롭히는 이 환청은
얼음벽에 버금가는 함정이요 희망이 막급한 치욕이다.
애인아,
흔들리며 타오르는 것은 알 수 없기에 환한 것, 태풍은
이미
우리의 묘지처럼 불타오르는 저 검은 숲

안에 부풀어 폭발할 듯 스미어 있다.
너는 내게 나무들이 그 숲을 거부해도
침묵을 잃지 말라고 충고했지만, 주여.

제가 사랑할 수 없었던 모든 것들에 거꾸로
못 박혀 죽겠사오니, 이제는 제발
아무것도 남기지 마소서.

자백

우리는 우리를 잡아먹는다. 끓여 먹는다. 찢어발긴다. 어둠 속으로

몰아넣어 구더기로 만들어 버린다. 밟아 짓이겨 버린다.

태워 버린다. 아픔과 슬픔을 모독하고 너와 나의 추억에

오물로 낙서를 해댄다. 서로가

서로의 덫이고 죄목이고 늪이고 법정이고 올가미고 함정이고 사슬이고

감옥이고 유배지고 구렁텅이, 불구덩이.

핵전쟁이 터져도 지옥이겠지만, 괜찮다, 이미 우리 마음은 지옥이니까.

나는 너에게, 너는 나에게, 영원히 용서가 안 되는 악마니까.

나는 이곳보다 우리가 더 싫다.

우리 사랑은 왜 이렇게 돼 버린 것일까? 나는

우리 중에 내가 가장 싫다.

트럼펫을 불어라

트럼펫 연주자가 죽은 밤.
인형을 매만지는 소녀의 지붕 위
보름달 속 기러기 가족은
우주로 떠나며 내게
한 줄 북극 같은 시를 남겼다.

가난하고 병든 트럼펫 연주자가 자살한 밤.
슬픔을 무서워하는 사람들은 전부 흰 국화꽃으로 변해
버리고
서쪽 사막으로부터 도착한 너의 편지에는
붉은 눈송이가 묻어 있다. 사랑이
미움인 줄로만 알았던
트럼펫 연주자가 목을 맨 밤. 담벼락에 기대어
웅크린 소년의 눈동자 속에는
트럼펫 연주가 울려 퍼지는 세상이 가득,

인류는 조문객이다.

모독의 변증법

골치 아픈 철학적 문제들이 도저히 열리지 않아서

신이라는 만능열쇠를 만들었더니. 이후로는 신학(神學)이 영원한

골칫덩어리가 되었다. 인간이 하는 짓들이라는 게 다 그렇지 뭐. 하늘에 계신 우리 아버지

목소리도 없고 보이지도 않으시니

보이고 들린다고 말하면 미친 것이요, 내 안에 있다고 하면

애초에 말을 하지 않아야 유익한 사랑 그

돌림병 같은 사랑, 대체 내가 나를 용서할 수가 있어야 말이지.

너 때문에, 내가 훼손해 버린 너의 청춘 때문에 어둡게

물들어 있는

　꽃 모양의 이 매듭, 울리고 웃어도 웃기고 울어도

　노래를 부르는 대신 무기(武器)를 든 채 먹고 자도 절대
풀리지 않아서,

　영광이 높아 절망이 깊은 인간이라는 늪, 우리

　이별의 버러지들이여. 왜 신에게서는 소독약 냄새가 날까?

　불을 지르면 환해지려나.

　저 벽의 꽃문양, 이제 보니

　그러네. 맞네.

　불구덩이네.

얼음 바다와 흰 코끼리와 나의 나타샤는

— 백석(白石)

정말 순교자라면 내심 다른
순교자를 이해할 수 없을 것이다. 신에 대한 순교든
빵에 대한 순교든 당신의 희생이 저
어둠 속의 고양이 한 마리조차 설득하지 못할 때
지금도 어느 소도시 외곽에 가면
내가 버리고 온 나의 모든 것들이 있다.
한 남자가 사랑하는 여자와 헤어지고
한 여자가 한 남자를 그리워하는 이 시절에
무리에서 떨어져 죽음을 찾아 얼음 바다를 건너가는 흰
코끼리와
외로운 나처럼
당신처럼 외로운
흰 코끼리와 얼음 바다와 나의 나타샤를 나는 풋잠 속
에 보았다.
천둥이 있어서 꽃잎이 있어서
아무것도 아닌 그냥 이야깃거리가 있어서
나의 애인 나타샤는 내 기도의 꽃잎도 되고
정말 천둥도 되어서
아무것도 사랑하지 않는 것에 능란해지는 어느 날에

먼지의 사원(寺院)에는 의심 많은 순교자들의 희생을 기
리는 노랫소리 은은하고

나의 눈 내리는 나타샤에게 가면

나의 나타샤가 눈 내리며 나를 기다리는 그곳에 가면

내가 버리고 온 나의 모든 것들이 있을 게다.

검은 별 가까이 태양에서 더 멀리

어느 슬픔 앞에서도 눈물이 나오지 않았다. 일생 사랑에게서 배운 것은 영원히 잊을 수 없다는 자긍심이 아니라 모든 것들은 결국 잊혀 간다는, 잊을 수 있다는 괴로움이었기에. 내 손금 안에 꼭 쥐어진 이 검은 별과 똑같은 저 흰 구름 너머 검은 별 어딘가에 내가 이해할 수 있는 한 사람이 있다면 그는 분명 외로움을 부끄러움처럼 감추고 있는 짐승일 것이다. 어느 아픔 앞에서도 소리 지르지 않았다. 물 위에 서 있는 저 나무는 양심이나 죄책감 따윈 필요 없는 하나님 같아서, 어쩌면 우리가 희망이라고 부르는 실망이라는 게 정말 마음의 지붕인지도 모르지, 바오밥나무 아래서 해탈하고 죽는 탕아의 마지막 날인지도 모르지, 아비의 가슴을 아프게 하는 탕아의 이야기는 항상 나를 가슴 아프게 한다. 그 이야기 때문이 아니라, 그 이야기가 이야기하고 있는 바로 나 자신 때문에. 어느 악몽 뒤에도 무릎 꿇지 않았다. 이 침통한 사랑은 눈이 내리는 세상, 허우적거리는 것들은 다 나의 혈육이다. 검은 별 가까이 전진하고 태양에서 더 멀리 떠나 버리는 게 인생의 목적이라고 믿었던 아름다움, 그 드높은 너를 아직도 기다리는 것은 나의 검은 별인가. 나는 나약한 것인가. 만약 그렇다면 세상은 나를 버릴 것이다. 검은 별 가까이 태양에서 더 멀리 있는 사랑과 그 사랑의 주인, 버림받지 말라.

슬픔

당나귀 귀를 가진 소년, 어두운 봄날 내 앞에 나타났지.

나는 있으나마나한 바람처럼 졸고 있었어. 그건 죄가 아니지. 우울도 아니고

우울의 그늘은 더더욱 아니지.

오래 걷는 생각에 지쳐 있던 가로수길, 나는 긴 나무의자 위에 홀로 앉아 있었어.

미친 듯 달려가면 모든 것들을 잊을 수 있을까? 소년의 말이

나를 아프게 했지. 철과 피를 일깨워 주려고 온 그 소년은 당나귀 귀. 나는

유령이 아닌 인간들이 매일매일 이상했지만 벙어리 냉가슴으로만 살아왔어. 어느덧

그렇게 점괘 과자 같은 어른이 돼 버렸던 거야. 시베리아의 유형지에서 여기까지 날 찾아온 내

소년이 또 내게 말했네. 한 노래를 평생 깊이 듣는 마음처럼 시무룩해하지는 마. 너는

슬픔이라는 게 무슨 쓸모 있는 광물(鑛物)이라도 되는 줄 아는가 봐.

나는 너무 기가 막혀서 어쩔 수 없이 대답했지. 난 멀쩡

한 듯 보이지만 사실은

　가슴이 무너졌어. 그건 발이 부러져서 걷지 못하는 것보다 더

　심각한 거라고. 왜 이제야 온 거야, 너무 늦었어. 내게서 떠나갔다가

　다시 돌아온 것들은 어째 이리 전부 괴상할까? 나를

　쳐다보는 소년의 눈은 백색왜성 같았어. 더 이상은 아무 말도 하지 않았지.

　내가 잊을 수 없었던 내 소년은 당나귀 귀를 가진, 꽃에 불을 질러 불꽃을 만드는

　우주 급진 낭만 강경파 소년.

　대체 내가 세상에 뭐 그리 잘못한 게 많다고 이 미미한 아이는

　하늘이 내려앉는 침묵만을 인정할까?

　당나귀 귀를 가진 소년, 어두운 봄날 나를 찾아왔지.

　나는 있으나마나한 바람처럼 졸고 있었어.

　다 죽고 아무도 없었어.

이 어둠이 아닌 이곳

네가 무너져 버렸다는 소식을
멀리서 우연히 들었다.
오래전 나는 사랑하는 너에게 세상과의 분쟁을 주었으나
맹렬했던 나는 미움마저 고갈되었다.
가장 쓸쓸한 이날에
이 어둠이 아닌 이곳에서
아무도
어느 누구도
내가 작은 창문 이상의 것을 가지고 있지 않다는 사실을
모른다면, 나는
일생에 단 한 번 사랑을 한 적이 없고
단 한 번 사랑을 이야기한 적도 없어서
오직 이 말 뒤의 침묵만을 믿어야 한다.

그 누가 나의 무엇을 옹호해 줄 것인가.
네가 무너져 버렸다는 소식을
멀리서 우연히 들었다.

저녁의 엽서

홀로 그 길에 서 있던 나는 내게 물어보았다.

너는 그 일에 관하여

슬픈 마음이 지워졌는가.

나는 아직도 사랑한다고 말하였다.

지난날의 나를 어디에서도 찾을 수가 없어서.

아버지

법학박사 이광병(李光秉) 교수.

고아가 아니었지만 어느 고아보다 더 고아였던 사람.

학대받았던 아이, 위로받지 못했던 어른. 무인(武人)이자
문인(文人)이었던 사람. 고개 숙인 제자들의 좋은 선생님
이면서

서러워하고 있는 친구들의 용감한 대장이었던 사람.

환하게 웃었지만 사형수처럼 묵묵히 불안하고 슬펐던
사람.

소박한 것이 가장 아끼는 무기였던 사람.

내가 가장 미워하고 가장 사랑했던 사람.

기어이 자기 삶의 미숙함을 혹독한 고통으로 전부 다 치
러 내야 했던 사람.

인간은 괴로운 것, 만남보다는 이별이 훨씬 순수하고 정
직한 것, 나를

안다는 것은 아무에게도 보이지 않는 것에 익숙해지는 것,

뭐 그런 것들을 가르쳐 준 사람. 완벽한 허무를 손으로
만지게 해 준 사람.

나와 똑같았고 나와는 이민족처럼 달랐던 사람.

약한 이에게는 다정하되 강한 자에게는 정의롭고 당당

했던 사람.

　나라는 엉뚱함과 어리석음과 모순의 기원(起源).

　1939년 11월 26일 일요일 바다 위로 물기둥 치며 솟구쳐
올라

　2017년 7월 4일 화요일 오후 3시 22분 경

　상처 입은 거대한 흰 고래 하나

　하늘보다 깊은 바다

　저 어둠 속으로 고요히 사라지고,

　내게는 남은 나날 넉넉히 먹고 마실 아픔이 준비되다.

가을과 겨울 사이

여름이 지나갔습니다. 이 세상에 두려운 일이 없었다면 당신이 나를 믿어 주었겠습니까? 내가 세상의 얼룩이 아니었던들 당신이 나를 아는 척이나 했겠습니까? 작은 나무 하나가 있습니다. 아무것도 아닌 이 말이 너무 슬퍼서 나는 일부러 사람들을 경멸하면서 살았습니다. 어디에든 누구의 것으로든, 반쯤 타 버린 불쏘시개 같은 작은 나무 한 그루가 서 있는 것처럼 살고 있습니다. 여름이 지나갔으니 또다시 가을이 아니라, 가을과 겨울 그사이가 되었습니다. 어디에든 누구의 것으로든, 삶이 아니라 삶과 죽음의 그사이이듯이. 나는 세상이 두렵습니다. 세상의 얼룩입니다. 하지만 나는 당신이 이 세상과 사람들이 말하는 당신이 아니라, 세상 사람들이 모르는 당신의 고통임을 압니다. 여름이 지나갔습니다.

악덕에 관한 보고서

그때 그 사람은 얼마나 힘들었던 것일까.
무심코 어둠 속에 앉아 있다가 이런 생각이 드는 것은
이유를 불문하고 허황된 것들이 아름다웠기 때문이다.
칼과 불을 들고 샅샅이
뒤지고 돌아다녀 봐도
딱 피아노 한 대만 놓인 사막 같은 이 세상.
지옥을 알게 되면 천국을 알게 되고
천국을 알았으니 지옥을 잊게 될 줄 알았건만
아무리 피에 젖어
아무리 재에 뒤덮여 간절히
헤맨다고 한들 오직
하나님의 침묵만이 멍한 내 가슴, 이 세상.

이해한다는 것은 노골적인 것.
더 이상은 아름다울 수가 없어서
완전한 이별이 되었다.

그때 그 사람은 지금의 나처럼 힘들었던 것일까.

희생이 나를 내려다본다

하나님이 있다는 말은 믿기 어렵지만, 희생이 있다는
말은 믿는다. 오늘도 어디에서 내가 무엇을 하고 있건
사랑보다는 운명이라고 외워 두어야 할 일들이 조금은
더 많기 때문이다.

내가 이 세상에 태어나서 내 어머니와 내 아버지의 기쁨
이었고

우울한 소년이었고

분노하는 청년이었고

이제는 고독도 평화라면 좋은 것이라고 스스로를 가르
칠 수 있는

이상한 어른이 된 뒤에도

희생은 재의 냄새를 좋아하는 나를 하나님처럼 내려다
보고 있다.

나는 아무 의미 없는 모든 인간들의 죽음처럼 담담한
시를

단 한 번만 써 보고 싶다. 그것이 사람들에게 남지 않아
도 좋다.

나만 읽어 보고 불태워진들 단 한 번만이라도 써 보고
싶은 것이다. 사랑이란

이런 것, 이별에 경각심을 가졌으나 사랑의 아픔, 뭐 이런 감옥 같은 소리는

입에 담지 않고 살아가야 함을 명심하고 있다. 거짓말이란

그런 것, 나는 그녀를 잘 알지도 못했다. 나는 사랑하였으나 그녀에게서

멀어졌을 뿐이다. 내가 이 세상에 태어나서 내 어머니와

내 아버지가 죽음을 두려워하는 이유였고

굴절되고 동요하는 소년이었고

압도당하면 반드시 파괴해 버리는 청년이었고

이제는 실패도 공부라면 좋은 것이라고 스스로를 위로할 수 있는

어둡고 어두운 어른이 된 뒤에도 저 희생은 오늘도 어디에서 내가

무엇을 하고 있건 하나님과 사랑을 반신반의하는

잿더미 같은

나를 내려다보고 있다.

구원

네 일생
어둠 속에서

화살이 등에 박혀 있는
짐승처럼 웅크려

시를 썼으니,

네가

너였던 것 말고는 너의

모든 죄를 사하노라.

사랑의 시작

세상의 모든 타인들은

다 어른이고

나만 애새끼 같다는 느낌이 드는 저녁.

악몽

파란 창문 새벽녘 악몽 비슷한 것에
시달리다가 깨어났다. 왜 이럴까. 너무 무서운
꿈이 아니라 너무 슬픈
꿈,
그래서 그것은 악몽이 아니라 악몽 비슷한 것,
삶이 아니라 삶 비슷한 꿈, 사랑이 아니라
사랑 비슷한 괴로움, 어쩌면 세상의
모든 진짜는 무엇이
아니라 무엇 비슷한 것인지도 모르지. 왜 그랬을까.
나는 제대로 살지 않았고, 너를 사랑하지 못했다.
악몽 비슷한 슬픔에
시달리다가
깨어났다.

어두운 밤과 더 어두운 저녁의 기도

악마의 유일한 관심은
인간이다.
그리고 그 인간들 가운데 악마는
악을 추종하고 악에게 경배하는 인간보다는
악과의 타협을 기다리는 인간을 가장 좋아한다.
왜냐하면,
훨씬
더 많은 일들을 시킬 수 있기 때문이다.

우리가 매일 밟고 지나가는 길과 거리이신 어머니,
어떤 시험도 달게 받겠사오니 다만 우리를
그러한 악에서 구하옵소서.

눈 내리는 길을

걷고 걸으며 너의 낡은 외투 호주머니

안을 남몰래 만지작거려 보라.

작은 씨앗 한 톨이 있는가.

그러면 되었다.

다 이루어질 것이다.

이미 다 가진 것이다.

서시

첫눈에 나의 사랑임을 알아차리는 것,

이보다 더 외로운 일은 없다.

죽음이

죽음을 앞두고 있는 친구의 편지와 함께 당도할 그날에도

문명은 투박하여

한 소년이 두고두고 어른이 된 탓에

이 세계는 이해할 수 없어야만 하는 쪽으로 시큰둥, 휘어져 있다.

아직도 소녀인 것만 같은 어느 여인을 처음 보았을 때처럼 사랑은,

사랑은

깊은 만큼 아주 멀리에서 여전히 아프고 슬프리니

잊을 수 없어서

너는 오로지

죽음과 죽음에 관한 모든 것들과 투쟁하라.

첫눈에 나의 너를 알아차리는 것,

그 검은 바다 앞에서도 이제

소년은 뒤돌아서지 않는다.

무장시론(武裝詩論)

　만약 내가 오로지 선하거나 오로지 악했다면 나는 방황하지 않았을 것이다. 내가 지켜보게 되는 나는 악하다가도 선해졌고 선하다가도 악해졌다. 심지어는 선하면서 동시에 악했고 악하면서 동시에 선했다. 이게 문제였다. 차라리 시베리아 얼음 대평원 위를 홀로 헤매고 있었다면 그나마 번뇌는 없었을 것이다. 나는 내 밖이 아니라 내 안에서 종잡을 수 없었고 정처 없었다. 어차피 천사가 못 되는 것이야 바라지도 않는 기정사실이라지만 악마조차 못 되는 주제 파악이 내게는 소년 시절부터 불과 얼마 전까지의 최대 의문이자 최악의 불만이었다. 그러던 어느 날 어떤 작은 죄를 몰래 짓고 집을 향해 일부러 터벅터벅 걸어가던 저물녘 무렵, 나는 허공의 멍한 햇살 속을 문득 찬찬히 들여다보다가 이제껏 나를 사로잡으며 지배했던 이 괴로움이 선과 악의 문제가 아니라 바로 '모순'이라는 사실을 깨달았다. 나는 석가모니가 보리수 아래서 깨달았을 때의 그 느낌만을 경험하고는 여전히 한 마리의 짐승으로 남았다. 하지만 기뻤다. 나는 전체로는 깨닫지 못하였음에도 불구하고 부분으로는 완전히 깨달았던 것이다. 나는 사랑과 미학과 얼룩의 투쟁이 무엇인지 비로소 알 것 같았다. 내게 있어 현대인은 불교적 시공간을 유랑하는 기독교적 존재였다. 이처럼 나의 세계는 한 극단과 한 극단이 서로를 잘 벼려서 흘레붙으며 피 흘리는 곳에서 폭발하는 모순의 반동이었다. 가령 나는 러시아정교회의 성직자가 되고 싶었으나 강철의 혁명가를 거쳐 인류 역사상 가장 가혹하고 거대하며 끔찍한 독재자가 되고 말았던 이오시프 스탈린이란 인간의 어둠이 환하게 보였다. 필경 그는 자신의 모순을 몰랐거나 모른 척했을 게다. 하지만 그자와는 달리 이제 내게 모순은 모순일 뿐이었다. 모순은 인간과 인간에 대한 모든 것들, 그 가운데서도 가장 어려운 수수께끼인 나 자신에 대한 해답이 되었던 것이다. 나는 이제 나의 빛이나 어둠을 가리지 않는다. 나는 그것으로 깊이 아프게 생각이 드는 어느 순간 인간과 그 인간이 사는 세계에 대한 그림을 그릴 뿐이다. 나는 노래하는 시인이면서도 논쟁가인 나의 모순이라는 본질이 더 이상은 어색하지 않다. 나는 사랑을 모르는 사람들이 싫었던 것처럼 환상과 괴리된 현실을 인정할 수 없다. 기쁘기 전에 염려가 많아지는 것은 내 마음의 거울에 때가 많이 끼어서일 것이다. 문(文)과 무(武)는 다르지 않다. 문(文)이 없는 무(武)는 문(門)이 없는 무(無)와 같고, 무(武)가 없는 문(文)은 무(舞)가 없는 문(紋)과 같다. 문(文)이 없는 무(武)는 어리석기 쉽고, 무(武)가 없는 문(文)은 비겁하기 쉽다. 문학은 선(禪) 이전의 번뇌를 다룬다. 그래서 문학은 절대적 심판자의 것이 아니며 악(惡)이라는 것으로 선(善)을 뛰어넘어 미(美)가 되는 것이다. 이것이 바로 미학의 불복종이자, 미학의 투쟁이 되는 것이다. 그렇다. 사랑의 투쟁과 미학의 투쟁은 동일하다. 나는 칼을 쥐고 꽃을 경멸하는 내가 싫었고, 꽃에 얼굴을 묻은 채 울고 있는 나도 싫었다. 놀림감이 되어 큰소리치는 광대처럼 나는 나의 모순을 통해 내 죄책감을 청산하고 싶었다. 하지만 내가 설령 죄책감에 눈 감는다고 하여도 내 죄가 사라지는 것은 아니다. 다만 모순(矛盾)은 모순이 그저 모순이 아니라 내 창[矛]과 방패[盾]라는 것을 믿는 내 시의 아름답고 무서운 무장(武裝)이 될 것이다.

불꽃, 혹은 불과 꽃의 시학

김진수(문학평론가)

> 살아 있으라.
> 네가 아무것도 아니면,
> 나는 아무것도 아니다.
> ─「하나님」에서

　"시는 나의 무기"(「시인의 말」)라고, 시인은 말한다. 그는 또한 시가 "차마 내 목숨보다 귀하다고까지는 말하지 못할 지라도,/ 적어도 내 목숨을 지켜 줄 정도로는 귀하다."라고 덧붙였다. 그러니『목화, 어두운 마음의 깊이』는 시인의 삶과 생명을 지키고 지탱해 주는 방어용 무기인 셈이다. 어떤 시인에게는 시가 그의 삶과 생명을 탄주해 내는 '악기'가 되기도 하지만, 또 다른 시인에게는 그것들을 방어하고 보존해 주는 '무기'가 되기도 하는 모양이다. 어원학이 지시하는 바로는 시(Lyric)는 악기(Lyra)임에 분명하다. 그런데 똑같이 시라는 이름을 갖는 그 어떤 것이 전자의 시인에게는 생명력을 표출해 내는 활력적인 에너지의 통로가 되지만, 후자의 시인에게는 삶을 그나마 지탱케 해 주는 눈물

겨운 최후의 보루가 되기도 한다. 전자의 시인에게 있어서 시는 삶과 생명 그 자체의 '노래'가 되지만, 후자의 시인에게 있어서는 생명을 보호하는 '칼'이 된다. 시는 후자의 시인에게 있어서 훨씬 더 절박하고 요긴한 수단이 되는 것처럼 보인다. 왜냐하면 그것이 없다면 시인은 이미 이 지상에 존재하지 않을 것이기 때문이다. 그럼에도 불구하고 '시는 무기'라는, "눈보라 없는 북극 속에 서 있는 저 빙벽이/노래로는 무너지지 않기 때문이다."(「불에 탄 옷깃」)라는 주장은 아무래도 '시는 악기'라고 간주해 온 오랜 전통과 많은 독자들의 마음을 불편하게 하는 것이 사실이다. 그렇다면 『목화, 어두운 마음의 깊이』의 시인에게는 시가 왜 칼이어야만 하며, 또 이때 시라는 이 방어용 무기가 그의 삶에서 어떤 의미를 획득하고 있는지를 살피는 일이 이 글의 중요한 과제가 되어야겠다.

"세상에서는 이토록 천대받고 무용한 것이"(「시인의 말」) 시인에게는 자신의 생명줄을 지탱하고 있는 마지막 보루라면, 그러한 사실은 그 자체로 눈물겹고 안타까운 일이다. 그에게 있어서 삶과 시는 무엇보다도 목적과 수단에 의해 분리된 것처럼 보이기 때문이다. 그렇다면 먼저 이렇게 물어야 한다. 시라는 칼/무기에 의해서까지 보호되고 지탱되어야 하는 삶 그 자체의 실상은 무엇이냐고 말이다. 그리고 같은 문제의식의 자장 속에 있긴 하지만, 시라는 무기로써 방어하고자 하는 삶 그 자체의 목적은 무엇이냐고 말이다.

내가 여기에서 짐작할 수 있는 것은, 시가 악기인 시인에게는 그의 삶과 생명 자체가 문제시되고 주제화되고 있다면, 시가 무기인 시인에게는 그 속에서 자신의 삶과 생명을 지키고 지탱해야 할 이 세계와 현실이 문제시되고 주제화될 것이라는 사실 정도이다. 그러나 사태가 그렇게 단순하지 않다는 데 이 시집이 지닌 참된 문제성이 존재하는 것 같다. 말하자면 『목화, 어두운 마음의 깊이』는 '변증법'의 관점에서 삶과 시, 주체와 세계의 관계를 살피고 있다는 뜻이다. 그리고 오해를 막기 위해 하는 말이지만, 여기에서의 변증법은 무엇보다도 모순을 사유하는 방법이다.(시인은 "모독의 변증법"이라고 말했다.)

시집의 말미에 붙은 산문 「무장시론(武裝詩論)」은 '시는 무기'라는 시론의 들목에 놓인 안내 표지판 같은 것이어서, 그것을 길잡이로 삼는 것은 자연스러운 일인 듯하다. 거기에서 시인은 먼저 "나는 내 밖이 아니라 내 안에서 종잡을 수 없었고 정처 없었다."라고 고백한다. 이 '정처 없음'의 원인에 대해서 '시론'은 "이제껏 나를 사로잡으며 지배했던 이 괴로움이 선과 악의 문제가 아니라 바로 '모순'이라는 사실을 깨달았다."라고 덧붙였다. 그리하여 "모순은 인간과 인간에 대한 모든 것들, 그 가운데서도 가장 어려운 수수께끼인 나 자신에 대한 해답이 되었던 것이다. 나는 이제 나의 빛이나 어둠을 가리지 않는다."라고 보다 상세하게 설명하고 있다. 또한 "나는 노래하는 시인이면서도 논쟁가인 나

171

의 모순이라는 본질이 더 이상은 어색하지 않다."라고 덧붙이기까지 한다. 그러니 결국 문제는 '모순'이다. 세상과 나, 내 속의 선과 악, 빛과 어둠, 시인과 논쟁가는 이제 더 이상 분리할 수 있는 것이 아니다. 그것들은 사실은 둘처럼 보이는 하나다. 갈라놓을 수 없는 것을 갈라놓음으로써 삶의 실상을, 아니 '나'의 실상을 오해해서는 안 된다. 서로 다른 방향을 향하고 있는 두 개의 머리를 가진 하나의 몸통이 바로 이 세계이며 '나'인 것이다. 세계와 나는 각각 다른 두 개의 실체처럼 보이는 하나의 실재이고, 선과 악 역시 하나의 뿌리에서 자라 나온 두 줄기이다. '시는 무기'라는 '무장시론'의 핵심은 바로 이러한 변증법적 인식론의 태도에서 출현한 '모순의 시학'이라는 점을 강조하기로 하자. 이 시론의 핵심을 시인의 목소리를 통해 직접 경청해 보기로 하자.

문(文)과 무(武)는 다르지 않다. 문(文)이 없는 무(武)는 문(門)이 없는 무(無)와 같고, 무(武)가 없는 문(文)은 무(舞)가 없는 문(紋)과 같다. 문(文)이 없는 무(武)는 어리석기 쉽고, 무(武)가 없는 문(文)은 비겁하기 쉽다.

——「무장시론(武裝詩論)」에서

그렇기에 모순은 "내 시의 아름답고 무서운 무장(武裝)이 될 것"이라고 시인은 말한다. 그러나 세상이, 아니 무엇보다도 나 자신이 모순된 존재라는 사실이 선과 악 사이의 '정처 없음'에 대해 시인에게 면책권을 부여하는 것은 아니다. 이 정처 없음이 비록 자연적 사실이라고 하더라도 이 세계에, 그리고 시인의 존재 자체에 정당성을 부여하진 않는다. 시론은 "나는 칼을 쥐고 꽃을 경멸하는 내가 싫었고, 꽃에 얼굴을 묻은 채 울고 있는 나도 싫었다."라고 적고 있다. 그렇기에 이 모순이 『목화, 어두운 마음의 깊이』의 시인에게는 하나의 '죄책감'으로 작용한다는 사실을 강조하는 것이 중요하다. 죄책감은 사실상 이 시집을 관통하는 가장 핵심적인 정조가 된다. 시집에서 그것은 또한 그 이전의 어떤 원인을 갖지 않는다는 점에서 근원적-생래적이라고 할 수 있다. 인류의 역사, 그러니까 이 지상에서의 인간의 삶은 낙원에서의 추방으로부터 기인한다는 한 종교적 믿음의 체계가 있는 것으로 알고 있다. 이 종교적 믿음에 의하면 인간의 삶은 그 자체로 (원)죄에 대한 대가로서의 (형)벌이며, 이 세계는 저 낙원의 동쪽에 있는 버려진 황무지 혹은 사막이라고 한다. 이러한 '실낙원(lost paradise)'의 모티프는 저 종교의 핵심적 가치 체계의 근원적 출발점이 된다. 이후에 펼쳐질 모든 인간사의 드라마가 거기로부터 연출되기 때문이다.

『나무들이 그 숲을 거부했다』(고려원, 1995; 작가정신, 2004; 은행나무, 2019(근간)), 『낙타와의 장거리 경주』(세계사, 2002; 은행나무, 2019(근간)), 『애인』(민음사, 2012)에 이은 이응준의 이번 시집『목화, 어두운 마음의 깊이』는, 실제로 시인이 그 종교의 신도이든 아니든 간에 이러한 종교적 믿음의 체계 위에 구축된 것으로 보인다. 시인의 시 세계에서 원죄, 실낙원, 구원의 이미지나 모티프들을 발견하기란 그리 어렵지 않은 일이다. 또한 이러한 모티프들로부터『목화, 어두운 마음의 깊이』에는 천사(천국)/악마(지옥)라는 대위법적 이미지 계열체들이 존재한다. 별-바람-구름-(불)꽃-소년(소녀)의 이미지들과 짝패를 이루는 이미지들에는 죄-어둠-사막-얼음-짐승(낙타) 같은 계열체가 놓여 있다. 우리는 이 대립된 이미지의 계열체들을, 종교적 색채를 덜어내고 순전히 시적/미적 현상들로 기술하기 위해서, 단순히 '불/빛'과 '어둠/그림자'라는 이미지의 대비에 의해 이 모순의 시학을 조명해 볼 수 있을 것이다. 그런 의미에서 이응준의 시 세계는 빛과 그림자의 대위법적 이미지에 의해 구축되어 있다고 말해도 좋다. 그의 시 세계에서 실낙원에서의 삶을 사는 인간은 짐승에 불과하고, 이 짐승의 구체적 비유는 대개 '낙타'의 이미지로 등장한다. 시인의 전언에 의하면, 낙타가 사는 세계는 사막과 얼음의 세상이자 별과 구름의 세상이다. 다시 말하자면 낙타의 세계 안에도 천국과 지옥이 있다는 뜻이겠다. 시인은 "인간, 내가 가장 이해할 수 없었던 사막"(「내 안에 이미 오래전에」)이라고 말했다. 인간이라는 짐승, 혹은 사막의 세계 속에 놓인 두 개의 길, 그것이 인간에게 위안과 고통을 동시에 준다. 왜냐하면 그는 이제 선택할 수 있기 때문이다. 그러나 그 선택은 모순이다. 어떤 길을 택하더라도 죄책감을 벗어날 수는 없기 때문이다. 이 모순이 또다시 인간에게 고통을 준다. 고통은 그러므로 인간의 삶에서 필연적이다.

이러한 삶과 존재의 모순을 극단적으로 응축한 핵심 모티프가 이 시집에서는 '불/칼'의 이미지이며, 그것은 '모순의 시론'을 설명하기 위한 키워드가 될 듯하다. 그렇다면 왜 '불'은 '칼'일 수 있으며, '칼'은 어떻게 '불'이 될 수 있는가? 이에 답하기 위해 우리는 다시 인류가 저 에덴동산에서 추방된 직후의 상황으로 돌아가야 한다. 저 종교적 믿음에 의하면, 야훼는 낙원에서 추방되어 죽음이라는 형벌을 받지 않으면 안 될 운명에 처한 인간이 다시는 이 동산의 '생명 나무'로 되돌아오지 못하게 하려 하였다. '선악과'를 먹은 탓에 선과 악을 분별하게 된 인간이 저 낙원에 있는 '생명 나무'의 과실까지 따 먹어 신과 같은 영생을 누리지 못하게 하기 위함이었다. 야훼는 지식의 천사 '케루빔'에게 '불의 칼'로 무장하고 저 낙원의 동쪽을 지키라고 명했다. 그리하여 '불/칼'은 무엇보다도 신이 인간을 단죄하는 징벌의 상징으로 자리하게 된다. 하지만 역설적이게도, 그것은 또한 '생명 나무'로 갈 수 있는 길을, 저 낙원이 여전히 존재한다는 사실을 인간에게 알려주는 징표가 되기도 한다. 왜냐하면 아직 거기에 존재하는 것이 아니라면, 그 낙원을 '불의 칼'로써 지켜야 할 이유는 없을 것이기 때문이다. '불/칼'은 인간에 대한 신의 징벌의 징표이자 동시에 인간에게 돌아가야 할 낙원의 현존에 대한 상징이기도 하다.

『목화, 어두운 마음의 깊이』에서 무기/칼은, 그러므로 역설/모순적인 양면의 의미를 부여받게 된다. 그것은 이제 인류가 저 낙원으로부터 추방당했다는 원죄에 대한 벌의 상징이기도 하지만, 동시에 저 낙원은 여전히 존재한다는 희망의 상징이기도 하다. 시인이 "신이라는 인간의 어둠"(「어둠은 무엇인가」)에 대해서 말할 때, 여기에서 신이라는 존재 역시 중의적으로 이해되어야 한다. 그 존재는 한편으로는 짐승으로서의 인간을 단죄하는 '칼'의 의미를 갖기도 하지만, 다른 한편으로는 여전히 낙원의 존재 가능성을 믿게 하는 '불(꽃)'의 의미도 갖기 때문이다. 시인이 시는 무기이고, 무기여야만 한다고 믿는 이유가 아마도 거기에 있을 것이다. 그에게 시는 신과 같은 구세주이기 때문이다. 그것은 신과 마찬가지로, 인간으로 하여금 자신의 죄와 벌을 일깨우고 징벌하는 무기이지만, 동시에 낙원으로 가는 길이 아직 존재한다는 실낱같은 희망의 표식이기도 하다.

그런 의미에서 시라는 무기는 동시에 희망을 노래하는 악기가 될 수도 있다. "내가 악마이면서도 천사"(「거리」)인 것처럼 말이다. 나는, 물론, 이 시인의 시가 '짐승으로서의 인간'을 처단하는 무기를 넘어서 '낙원을 사는 인간'의 가능성을 탄주하는 악기라고 믿고 싶어 하는 편이다. 시인의 말대로 "사랑의 수난자"(「이승」)로서의 인간은, 그리고 무엇보다도 그 인간의 가능성의 노래로서 시는 모순 그 자체이기 때문에. 시인의 시 세계에서 '(불)꽃'과 '불타다'라는 어사는 '아름답다'라는 어사와 동의어이다. 그의 시는 사람됨의 아픔과 슬픔은 사람됨의 아름다움이라고 말하고 있는 듯하다. 시인이 "사랑이여. 아비규환이여."(「쓸쓸한 서문을 쓰고 있는 밤」)라고 쓸 때, 이 사랑이야말로 바로 사람됨의 슬픔과 아름다움의 모순을 동시에 보여 주는 것이리라. 이 처절한 모순의 인식과 경험으로서의 사랑은 시집의 제목으로 채택된 다음 시에서 절창을 만들어 낸다. 그것은 슬픔과 아름다움이 한 몸이 된 노래, 짐승으로서의 인간의 가능성과 한계를 동시에 노래하는 불가능한 모순의 노래로 들린다.

　　낙타가 바라보는 사막의 신기루 같은 화요일.
　　슬픈 내 마음 저기 있네, 햇살과
　　햇살 그사이에 막연히.

　　목화, 내 여인. 나의 이별, 목화.

　　아름다웠던 사랑도 아름다운 추억 앞에서는 구태의연하구나.
　　절망과 내가 이견이 없어서 외로웠던 시절은 다 어디로 가서
　　나는 왜 아직 여기 홀로 서 있나, 막연히.

청춘은 폭풍의 눈 안으로 걸어 들어가는 등불이었지만
재가 되어 사그라지는 내 영혼에
상처로 새겨진 문양이여.

목화, 눈을 감고 있어도 도저히 보고 있지 않을 수 없는
목화.

어쩌면 혐오와 환멸은 인생이 자유로 가는 문이어서
계절이 흐르는 이곳에서는 절망의 규정마저도 바뀌는구나.

낙타가 쓰러져 죽어 있는 사막의 신기루 같은 화요일에
마지막으로 기도하듯
맨 처음 그리운 나의 주님,

목화.
　　　　　　　　　　　—「목화, 어두운 마음의 깊이」

　"눈을 감고 있어도 도저히 보고 있지 않을 수 없는 목화"의 계절은 바로 "사막의 신기루 같은" 낙원의 시절이었다. 그 시절의 "청춘은 폭풍의 눈 안으로 걸어 들어가는 등불이었지만", 이제 계절은 흘러 "재가 되어 사그라지는 내 영혼에" 그 시절의 사랑은 "상처로 새겨진 문양"으로만 남았다. "아름다운 추억"이라는 이름으로 남은 이 문

양 앞에서 "아름다웠던 사랑"도 구태의연하게 되었다. 마침내 "절망의 규정"이 바뀐 "혐오와 환멸"이라는 실낙원의 시절을 살아야 할 때가 도래한 것이다. 이 사막/실낙원에서의 절망을 사는 낙타/짐승에게 남아 있는 유일한 선택의 길은 무엇이었을까? 시는 아마도 그것이 '기도'라고 말하는 것 같다. 그렇다면 그 '기도'는 어떤 의미를 담고 있을까? 실낙원에서 낙원에 대한 그리움은 새로운 낙원에 대한 희망으로 전환될 수 있을까? 이 전환에 필요한 유일한 조건이 "맨 처음 그리운 나의 주님"이라는 믿음은 아니었을까? 나는 이 시의 핵심적 모티프인 '목화'를 본문에 등장하는 '등불'이라는 단어와 관련하여 '불/꽃'의 이미지 속에서 그려 보고 싶었다. 그렇게 할 때에야 시의 제목으로 쓰인 '어두운 마음의 깊이'가 보다 더 잘 들여다보인다고 생각했다. 시인이 "밤을 아는 별들의 태생은 사막이다."(「성벽 아래서」)라고 노래했듯이 말이다. 비록 이별로 인한 현재적 절망의 삶이 이 '어두운 마음의 깊이'를 만들고 있을지라도, 그 깊이의 심연에서 여전히 빛나고 있을 '불/꽃'으로서의 '목화'를, 모순으로서의 사랑의 아름다움과 슬픔을 이해하고 싶었다. "사랑은, 당신을 바라보는 내 슬픔에/ 우주가 휘어지는 것."(「새로운 나무」)이라는 사실을, 그리고 "신이라는 것은 인간의 슬픔에 새겨져 있는 것."(「춘화(春畵)」)이라는 사실을 말이다. 그리하여 나는 결국 이 시가 단순히 개인적인 연시나 이별시의 감상적 차원에 머무는 것이 아니라, 가령 릴케

와 같은 시인이 도달했던 종교적 기도 시의 차원으로까지 상승할 수 있었다고 믿는다. 여기에서 시는, 그리고 사랑은 이미 하나의 예배가 되었다. 그리고 무엇보다도 "사투가 아닌 것은 예배가 아닌 것"(「소도시에서 사라지다」)이다.

"나는 나에게서 와서/ 오로지 그대에게로만 가려는, 하지만 문득 사라지게 되는 이 세상"(「이 세상」)이라고 시인은 아프게 노래했다. 이 세상에서 나는 언제나 그대를 향해 있다. "나는 너를 위해서 내가 모르는 일이라도 해야 했던 사람."(「쓸쓸한 서문을 쓰고 있는 밤」) 그런 사람으로서의 그대는 내게는 절대적 존재이다. "그대는 내가 가지고 싶은 천사의 눈"이며 "잃어버린 천사의 책"(「폭풍우 속에서 깨달은 것들」)이다. 그렇기에 무엇보다도 "인간의 길은 연인의 길"(「멀리서 얼굴을 감싸다」)이다. "그는 그녀의 노래"이며 "그녀는/ 그의 노래"(「이별이란 무엇인가」)이다. 그러나 내가 그대에게 가려고 하면, 그대는 문득 사라지고 없다. 그대는 내가 닿을 수 없는 곳에 존재한다. 나는 오로지 그대를 향해 있지만 그대에게 닿을 수 없다는 이 모순이, 그리고 그로부터 비롯된 '정처 없음'이 바로 삶이라고 시인은 말하고 있는 것이다. 그럼에도 불구하고 나는 그대를 "다시는 만나지 않을 것"(「해후」)이라고 다짐해도, "아무리 잊었다고 다짐해도 결국 잊지 못한 너를"(「우리 사랑의 지적 기원」) 향하게 된다. "이별이여, 이 별에서의 사랑이여."(「우리 사랑의 지적 기원」)라고 시인이 노래할 때, 이별은 이 지상의 삶에 있어서는 피할 수 없는 사랑의 방식이 된다. 그렇기에 "첫눈에 나의 사랑임을 알아차리는 것,/ 이보다 더 외로운 일은 없다."(「서시」) 왜냐하면 그 사랑은 곧 유예된 이별을 의미하기 때문이다. "별과 구름과 바람의 일은/ 사람과 사람의 사랑을 지켜보는 일"이며 "사람과 사람의 이별을 슬퍼하는 일"(「너에게서 비롯된 말」)이다. 사랑과 이별은 별과 구름과 바람의 일, 즉 자연에 속한다. 그리고 "인간의 이야기라는 게 결국은 전부 사랑과 이별에 관한 이야기일 뿐"(「벚꽃지옥 행성에서 띄우는 강철 엽서 전문(全文)」)이다.

시인은 또 다른 시에서 다음과 같이 기도했다. "우리가 살아 있는 날들 동안 저 낡고 작은 노래 상자 안에는/ 어머니의 사랑과 그 빛이 사라지지 않게 하소서."(「어머니를 잃은 세상 모든 아이들을 위한 시」) 어머니의 사랑과 빛이 깃들길 바라는 '저 낡고 작은 노래 상자'가 시가 아니라면 무엇일 수 있을까? 그러니, '시는 나의 무기'라고 말하는 시인에게 있어서 저 무기는 동시에 '사랑의 노래'여야만 하는 것이리라. 저 사랑이 비록 필연적으로 눈물과 슬픔과 고통과 이별을 동반하는 모순적인 것임에도 불구하고 말이다. 어쩌면 무기이자 악기로서의 시와 사랑의 위대함은 이 '불구하고'라는 어사 속에 온전히 함축되어 있는지도 모른다. 시인은 이미 "이 세상에는 아름다워서 슬프지 않은 것들이 하나도 없다."(「피뢰침을 잃어버리다」)라는 사실을 알고 있기 때문에. "나의 상처는 나의 자유,/ 옹이는 나의 심장,/

핵심"(「옹이」)이기 때문에. "내가 어둠을 무너뜨리는 무기가 되"(「피뢰침을 잃어버리다」)기를 바라는 그 마음이 바로 아름다움이고 사랑이며 시의 노래이기 때문에. 『목화, 어두운 마음의 깊이』에서 시는 불/칼로서의 무기이긴 하지만, 이 무기는 다름 아닌 불/꽃으로서의 사랑, 즉 시의 노래이기 때문에. 시인은 "꽃에 불을 질러 불꽃을 만드는/ 우주 급진 낭만 강경파 소년"(「슬픔」)을 여전히 꿈꾸고 있기 때문에. 그리고 무엇보다도 시인 자신이 "나에게는 강철처럼 무정한 새로운 노래가 있을 뿐"(「북쪽 침상」)이라고 공언하고 있기 때문에. 그렇다면 이 무기는 마땅히 악기라고 해야 할 것이다. '불의 칼'은 '불의 꽃'의 다른 이름에 지나지 않는 것이다.

지은이 이응준

1990년 계간 《문학과 비평》 겨울호에 「깨달음은 갑자기 찾아온다」외 9편의 시로 등단했고, 1994년 계간 《상상》 가을호에 단편소설 「그는 추억의 속도로 걸어갔다」를 발표하면서 소설가로 데뷔했다. 2013년 1월부터 2015년 1월까지 《중앙선데이》에 21편의 칼럼을 연재하면서 정치·사회·문화 비평을 시작했다. 시집 『나무들이 그 숲을 거부했다』『낙타와의 장거리 경주』『애인』, 소설집 『달의 뒤편으로 가는 자전거 여행』『내 여자친구의 장례식』『무정한 짐승의 연애』『약혼』, 연작소설집 『밤의 첼로』『소년을 위한 사랑의 해석』, 장편소설 『느릅나무 아래 숨긴 천국』『전갈자리에서 생긴 일』『국가의 사생활』『내 연애의 모든 것』, 에세이소설 『해피 붓다』, 소설선집 『그는 추억의 속도로 걸어갔다』, 논픽션 시리즈 '이응준의 문장전선' 제1권 『미리 쓰는 통일 대한민국에 대한 어두운 회고』, 산문집 『영혼의 무기』, 작가수첩 『작가는 어떻게 생각을 시작하는가』 등이 있다. 2008년 각본과 감독을 맡은 영화 「Lemon Tree」(40분)가 뉴욕아시안아메리칸국제영화제 단편경쟁부문, 파리국제단편영화제 국제경쟁부문에 초청받았다. 2013년 장편소설 『내 연애의 모든 것』이 SBS 16부작 TV드라마로 제작 방영되었다. 영국 일간지 《가디언》은 2013년 5월 27일 자와 2015년 10월 9일 자에서 장편소설 『국가의 사생활』을 각각의 특집으로 다뤄 집중 조명했으며, 특히 2015년 10월 9일 자 「한국의 통일: 소설은 한반도의 디스토피아적 미래를 상상했다」에서는 작품 중 2개의 챕터(32매)를 발췌 번역 소개하였다. 록밴드 YB의 노래 「개는 달린다, 사랑처럼.」을 작사했다. 문화무정부주의 조직 '문장전선'의 리더. 2인 작가 '독서실형제'의 일원.

목화, 어두운 마음의 깊이

1판 1쇄 펴냄 2018년 9월 7일
1판 3쇄 펴냄 2022년 7월 13일

지은이 이응준
발행인 박근섭, 박상준
펴낸곳 **(주)민음사**

출판등록 1966. 5. 19. (제16-490호)
서울특별시 강남구 도산대로1길 62(신사동)
강남출판문화센터 5층 (06027)
대표전화 02-515-2000 / 팩시밀리 02-515-2007
www.minumsa.com

ISBN 978-89-374-0871-7 04810
    978-89-374-0802-1 (세트)

* 잘못 만들어진 책은 구입처에서 교환해 드립니다.

민음의 시
목록